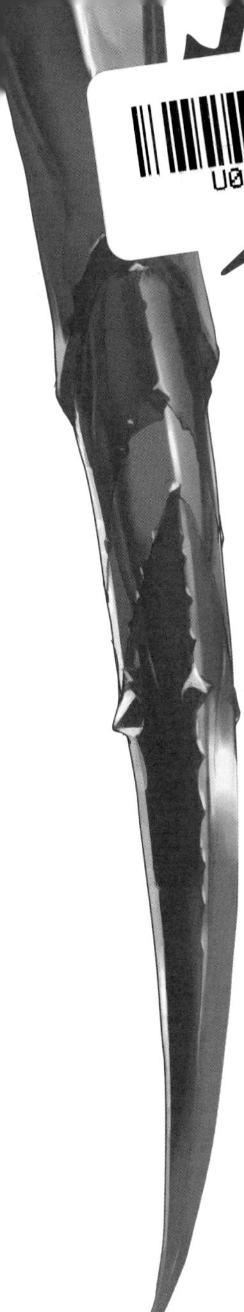

轉生成蜘蛛又怎樣！4

作者：馬場翁 okina baba
插畫：輝竜司 tsukasa kiryu

Kadokawa Fantastic Novels

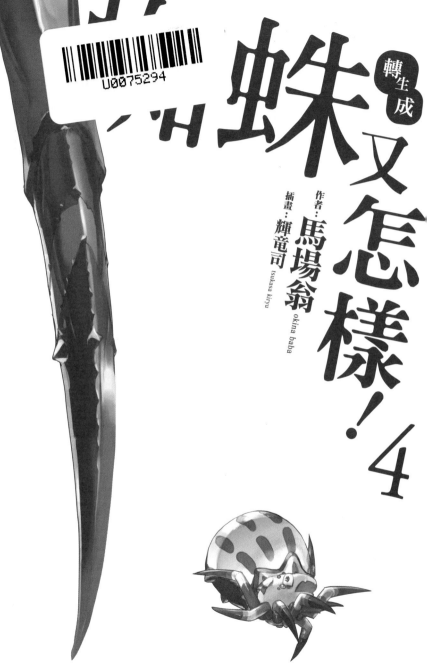

contents

1 萬里無雲的藍天 —— 008
S1 前往艾爾羅大迷宮 —— 018
幕間 魔王的心腹在會議上再次嘆氣 —— 033
2 與老媽的精神大戰 —— 044
S2 勇闖艾爾羅大迷宮 —— 055
3 老媽來襲 —— 063
S3 攻略艾爾羅大迷宮 —— 080
4 死中求活 —— 102
S4 艾爾羅大迷宮裡的怪物 —— 117
5 進化 —— 141
S5 走出艾爾羅大迷宮 —— 170
6 游擊戰 —— 178
S6 世界的真相 —— 186
幕間 神的走狗 —— 202
7 魔王來襲 —— 210
S7 轉生者的現況 —— 225
8 復活怪人的鐵則就是死得特別快 —— 242
S8 妖精之里 —— 252
9 水蜘蛛 —— 263
S9 妖精之里的轉生者 —— 276
10 人偶遊戲 —— 286
S10 轉生者們的聚會 —— 295
幕間 管理者手下的轉生者 —— 308
11 弒母 —— 312
幕間 魔王 —— 341
幕間 妖精族長 —— 345
終章 初次遭遇 —— 347
後記 —— 360

1　萬里無雲的藍天

我抬起頭，眼前不是熟悉的迷宮天花板，而是無限遼闊的藍天。

將視線移向下方，也沒能看見缺乏色彩的岩壁，只有五顏六色的風景。

可惜現在蒙上了一層薄紗。

因為籠罩在周圍的沙塵，讓我看不清楚某些地方的景色。

儘管如此，這個世界依然色彩繽紛，遠遠超出我的想像。

現在的我似乎能轉職成詩人。

不是那種讓人又喜又羞的黑歷史自創詩，我要詠出真正的詩歌！

不，我才不會那麼做。

請原諒興奮過度的我吧。

因為我終於……終於……再重複一遍……終於！

終於離開那座艾爾羅大迷宮了！

真是漫長。

因為迷宮生活不分晝夜，我不曉得從自己出生至今到底過了多久。

不過，我很肯定這是一段漫長的日子。
畢竟自從轉生之後，我一直都在迷宮裡生活。
當然會覺得漫長。
漫長到讓我走過鬼門關的次數隨便算也超過二位數，並且足以好好謳歌這段蜘蛛生。
說真的……
艾爾羅大迷宮不是全世界最大的迷宮嗎？
把弱小的蜘蛛型魔物突然丟進這樣的迷宮，難度也未免設定得太高了吧？
剛出生的我看見的第一副光景，居然是同為蜘蛛型魔物的兄弟們互相殘殺，吃下自己手足的凶案現場。
而且就連生下我們的老媽也加入了這場混戰。
這個老媽太可怕了。
在那之後，我又是努力對抗迷宮裡的魔物，又是被人類追殺，辛苦蓋好的家付之一炬，最後還跟龍這種只在遊戲的最後迷宮裡出現的傢伙廝殺。
啊……就規模而言，艾爾羅大迷宮確實算是最後迷宮。
不過，正因為待過那種嚴苛的環境，才會造就現在的我。
正因為撐過那段有如地獄般的日子，我才會變強。
嗯。我或許變得比自己以為的還要強上許多。

我眼前有一堆徹底崩毀，化為塵埃的要塞殘骸。

雖說是要塞，也只是用來妨礙魔物通行的小型要塞。

仔細想想，為了防止魔物從全世界最大的迷宮跑出來，總是需要做些防範措施。

畢竟這可不是遊戲，沒人能保證不會有魔物從迷宮跑出來。

沒錯。在走出迷宮的瞬間，我第一眼就看見擋住去路的牆壁。

從迷宮裡面跑出來的魔物會被這道牆擋下，然後被駐守在此處的士兵處理掉。

正常情況應該就是這樣吧。

事實上，當我仰望著牆壁發呆時，也確實遭到攻擊了。

而我無意中發動魔法反擊的結果，就是眼前這副光景。

在閃躲飛過來的箭的同時，我出於反射動作，朝向射手發出暗黑彈。

結果要塞就跟著射手一起灰，飛，煙，滅！

我又惹禍啦！

嗯，不關我的事。

我什麼都不知道。

雖然這裡好像發生了神祕的要塞倒塌事件，但跟我一點關係都沒有。

反正所有目擊者都上西天了，完全犯罪早已成立，我會成功逃過法律追溯期的。

事情就是這樣。再見嘍，警察先生！

從要塞倒塌的現場畏罪潛……不對，是逃離之後，我一路上躲躲藏藏。
因為我是蜘蛛型魔物。
要是被人類發現就糟了。
因為我是轟垮要塞的犯……咳哼，是偶然經過發生重大事件的現場附近的魔物，所以當然會受到懷疑。
真是的……到底是哪個傢伙惹出這樣的麻煩啦！
害我被誤認為犯人的話要怎麼辦啦！
我可不是犯人！
很好，自我暗示完畢。
就算拿出測謊機也沒辦法讓我露出馬腳。
不過講真的，現在的我有著蜘蛛型魔物的外表，當然得小心別讓人類發現。
我不認為會有那種看到這副模樣還能對我友善的怪人。
如果找遍全世界，或許能發現一兩個，但絕大多數的人類應該只會做出逃跑、應戰或嚇到腿軟這三種反應。
以我的情況來說，因為壓迫和恐懼散布者的效果是讓對方感到恐懼，所以就算是天真無邪的孩子，應該也不會給我好臉色看。

就連喜歡巨大昆蟲的男孩子，看到我肯定也會大聲哭喊。

為什麼年幼的男孩子都喜歡獨角仙之類的昆蟲呢？我實在無法理解。

如果喜歡昆蟲的男孩子落得跟我一樣的處境，會不會開心到痛哭流涕？

應該不可能會有那種事吧。

光是想像一下，我就覺得噁心。

那畫面的噁心程度已經到了令人不舒服的地步。

要是真有那種噁心的傢伙，我很樂意跟他交換。

不過，我想那傢伙大概出生沒幾天就會死翹翹了吧。

正確來說，應該是剛出生就會死掉。

直接變成老媽的零嘴。

我在這段蜘蛛生之中見過最危險的生物，就是剛出生便立刻遭遇的老媽。

蜘蛛生困難模式，無接關。

這個紀錄目前尚未中斷。

我覺得這點頗為厲害，忍不住自誇。

我現在正和這位老媽進行一場奇特的戰鬥。

在擊敗地龍亞拉巴的現在，我在艾爾羅大迷宮尚未完成的事，就只剩下擊敗老媽。

只要打敗老媽這個就我所知，大迷宮中最強的魔物，我就是名副其實的迷宮之王了。

如果要以成為管理者為最終目標，老媽可說是我不得不擊敗的對手。
畢竟只要打敗老媽，肯定能拿到大量經驗值。
不過即使正面迎戰，我也不認為自己能戰勝老媽。
因為就連身為老媽部下的超級蜘蛛怪都擁有足以匹敵亞拉巴的能力值。
雖然我把牠們轉移到中層這個蜘蛛最害怕的火焰地獄，靠著卑鄙的戰法陰了牠們一把，才有辦法輕易獲勝，但如果正面對決，我應該會陷入苦戰。
而老媽比那些超級蜘蛛怪還要強大，怎麼想都不是正面挑戰能打贏的對手。
既然正面挑戰行不通，那走旁門左道就行了吧。
因為這個緣故，我現在正對老媽展開不合常軌的攻擊。
這算是一種超長距離攻擊吧？
如果要比喻，就像是槍手與劍士的戰鬥。
只要拉開距離，槍手穩贏不輸。
萬一距離被拉近，劍士就能得勝。
雖然不曉得老媽的能力值到底有多少，但可以肯定絕對比我高。
因此，如果正面對決，我一定沒有勝算。
我該如何不被追上，一直保持著雙方的距離，將是決定勝敗的關鍵。
話雖如此，但我的勝利已經幾乎是板上釘釘。

因為我離開艾爾羅大迷宮，來到外面了。

憑老媽那種大怪獸級的巨大身軀，不可能踏出艾爾羅大迷宮一步。

我剛才走過的出口可沒有大到能讓老媽通過。

此外，一旦有著跟老媽差不多大的身體，就連在迷宮裡面，行動也會受到限制。

如果是在寬廣的下層或中層，或許還能在某種程度上行動自如，但在狹窄通道複雜交錯的上層，應該就幾乎動彈不得了。

正因為如此，我才會選擇上層作為據點。

為了避免老媽來襲。

正因為無法親自前來，老媽才會派遣以超級蜘蛛怪為首的蜘蛛軍團過來吧。

早在擊敗牠們時，這場戰爭就幾乎等於是我獲勝。

在踏出艾爾羅大迷宮的現在，老媽已經不可能追上我。

再來只要等老媽被我的攻擊慢慢擊垮就行了。

我就趁這段時間去外面觀光吧。

好啦。

我已經達成這段蜘蛛生的目標之一，也就是逃離艾爾羅大迷宮這項豐功偉業，但接下來該做什麼？

剛開始時，我之所以想要逃離艾爾羅大迷宮，主要是為了逃離充滿魔物的危險環境。
但要是考慮到這點，外面也有不同於魔物，名為人類的全新威脅，所以其實沒什麼差別。
因此，我的目的從途中開始就從遠離危險變成追求美食了。
因為迷宮裡能吃的東西就只有魔物嘛！
而那些魔物絕大多數都難吃得跟屎一樣！
我會想要找美味食物來吃，也是理所當然的結果吧！
話雖如此，就現況而言，外表看起來就是魔物的我，就算跑到人類居住的城鎮也只會被獵殺。
不過從摧毀要塞那件事看來，我應該不會被人類輕易擊敗。
雖然也能跟強盜一樣闖進城鎮，到處搜刮食物之後就趕緊逃跑，但那麼做的風險太高，我不想隨便嘗試。
還是照著當初的計畫，在努力進化成女郎蜘蛛之前，盡量避免跟人類接觸吧。
女郎蜘蛛是有著人類上半身與蜘蛛下半身的魔物。
雖然還是魔物，但因為上半身是人類，比起現在這種徹頭徹尾的蜘蛛樣貌，至少像是半個人類。
既然上半身是人類，那應該也能說話。如果能利用這點與人類溝通，說不定就能跟人類建立起友好關係。

話雖如此，距離進化成女郎蜘蛛的路途還很遙遠，而且我不懂這個世界的語言，所以無法跟別人溝通。

不管怎麼說，跟人類接觸應該還是很久以後的事情。

這麼一來，我只能想辦法靠自己取得美味的食物。

我利用空間機動衝到空中，環視周圍。

前方不遠處就有一座人類的城鎮。

城裡都是飄散著奇幻世界風格的中世紀歐洲建築物。

乍看之下，似乎沒有機械類的東西。

見過不時在迷宮裡遭遇的人類之後，我就想過會不會是這樣，但看來這世界的文明並不是很發達。

總之，跳過這座城鎮吧。

反正去了應該也不會有好事。

右邊是平原。

左邊也是平原。

後方在平原的盡頭有一座森林，再過去還有一座山。

因為艾爾羅大迷宮是橫跨大陸的迷宮，我還以為出口會在海邊附近，沒想到出口會在內陸。

嗯……

森林和山啊……

感覺就充滿了大自然的恩惠，乾脆去那裡看看吧。

或許能找到水果或香菇之類的食物。

雖然迷宮裡的魔物絕大多數都很難吃，但山上的野生動物說不定很好吃。

而且我也很在意山的另一端會有什麼。

要是有海的話，搞不好還能吃到海鮮。

想到中層的鰻魚和鯰魚都很好吃，或許真正的海鮮會有不一樣的美味。

我不能繼續在這裡發呆了。

趕快出發吧！

S1 前往艾爾羅大迷宮

為了阻止由古，我們一路趕往妖精之里。

由古靠著洗腦能力讓王國陷入混亂，連教會和帝國都被他掌握。

而列斯頓大哥的同伴帶來一項情報，說由古趁著人類與魔族開戰的這個時期，率領帝國大軍朝向妖精之里進軍。

如果就這樣對失控的由古置之不理，顯然會給予魔族可趁之機。

無論如何都得阻止他。

可是，妖精之里位於卡薩納喀拉大陸，我們必須從目前所在的達斯特魯提亞大陸設法橫渡過去。

在大陸之間移動的手段有兩種。

不是利用轉移陣移動，就是穿越艾爾羅大迷宮。

大海是強大水龍的地盤，就算想搭船渡海也只會被打沉，根本就是不可能的任務。

遺憾的是，就算想走空路，菲也沒辦法飛那麼遠。

這麼一來，使用轉移陣就是最為安全的手段，然而轉移陣是非常貴重的魔道具，幾乎都是由各國直接管理。

在我們受到王國通緝，可想而知應該也被教會盯上的現在，我不認為其他國家會同意讓我們使用轉移陣。

唯一有希望的，就是我素未謀面的姊姊出嫁的國家。

但既然不曉得由古的魔掌伸到哪裡，隨便求助於人總是會有危險。

我必須盡量只仰仗值得信賴的人，以及在這裡的同伴來展開行動。

考慮到這點，我們就沒辦法使用轉移陣。

剩下的手段，就只有攻略艾爾羅大迷宮了。

大迷宮一如其名，是魔物橫行的巨大魔窟。

在名為迷宮的封閉世界中獨自進化的各種魔物。

絕大多數的魔物都有毒，必須做好防範。

不光是這樣，迷宮本身也很危險。

那座迷宮太過遼闊，據說一旦迷路就再也無法活著走出來。

因此，如果要穿越大迷宮，就得請專業的領路人負責帶路。

以上就是我聽來的艾爾羅大迷宮的相關預備知識。

不同於能夠瞬間移動的轉移陣，攻略艾爾羅大迷宮很花時間，也伴隨著危險。

幸好我們的時間還很充足。

從帝國到妖精之里有一段距離，如果率領軍隊移動，得花上好幾天才能抵達。

如果用我們收到的情報倒推回去，比起我們攻略艾爾羅大迷宮的時間，帝國軍抵達妖精之里所需要的時間應該還要更多。

問題在於艾爾羅大迷宮是個危險的場所。

我們之中實際踏進過艾爾羅大迷宮的人，就只有哈林斯先生和安娜。

老師來到這個大陸時，似乎是跟身為妖精族親善大使的波狄瑪斯一起利用位於王國的轉移陣過來。

但那個轉移陣也已經被由古親手破壞掉了。

哈林斯先生以前跟尤利烏斯大哥一起踏進艾爾羅大迷宮消滅魔物。

安娜似乎曾經在旅途中進去過一次。

由於我、卡迪雅和菲都不曾離開王國，所以當然是首次踏進艾爾羅大迷宮。

那裡跟我們在學校演習時造訪的地方不同，是真正伴隨著生命危險的迷宮。

接下來即將挑戰那座迷宮，讓我有些緊張。

我們騎在菲的背上，從天上飛到艾爾羅大迷宮的入口。

「果然……這裡有帝國士兵。」

我發動千里眼，看向遠方的入口。

那裡蓋了一座要塞，彷彿要堵住艾爾羅大迷宮的入口一樣。

艾爾羅大迷宮是聯繫兩塊大陸的唯一一條陸路。
萬一魔族要進攻這塊大陸，無論如何都得通過這裡。
因此才會用這座要塞作為第一道防線，但其實魔族根本不可能越過艾爾羅大迷宮。
據說如果沒人帶路，一輩子都不可能走出那座複雜且寬廣的迷宮。
無數種有毒的難纏魔物。
以一座天然要塞而言，艾爾羅大迷宮完美地完成了它的任務。
不過，魔族在歷史上還不曾進攻到這麼深入的地方。
要塞的主要任務變成捕捉試圖非法入侵迷宮的壞人，以及避免迷宮裡面的魔物跑到外面。
這座要塞中出現了原本不該存在的帝國士兵。
儘管這裡不是帝國的領土。
這肯定也是由古搞的鬼。
他應該是為了避免我們離開這塊大陸，才會設下這道防線吧。
「這下子該如何是好……」
「不能用隱密之類的技能，騙過士兵的眼睛嗎？」
聽到我的呢喃聲，老師如此提議。
但我搖頭拒絕這個提議。
雖然我確實擁有消除氣息的技能，但對擁有更高等級感知技能的對手不管用。

之前那位名為羅南特的老魔法師就是最好的例子。
因為羅南特老先生就連位於遠方高空還消除氣息的我們都能發現。
即使沒有羅南特老先生那麼厲害，那座要塞裡也不見得沒有擁有這類感知技能的人。
而且一旦被發現就無法避免戰鬥。
之後還得攻略艾爾羅大迷宮這個難關，我們應該盡量避免戰鬥，保留實力。
因此，我不考慮強行突破這個選項。
「我有辦法。跟我來。」
面對不知道該如何是好的我們，哈林斯先生如此提議。
哈林斯先生是這些成員之中，進入艾爾羅大迷宮最多次的人，說不定能想到什麼好主意。
在哈林斯先生的帶領下，我們遠離艾爾羅大迷宮的入口。

「就是這裡。」
那是一個距離艾爾羅大迷宮入口不遠的小村子。
根據途中從哈林斯先生口中聽來的話，這個村子裡的人似乎是以跟大迷宮挑戰者做生意和經營旅館為生。
實際進到村裡一看，商店賣的是挑戰大迷宮不可或缺的解毒藥和火種等道具，還有不該在小村子裡看到的大型旅館。

大迷宮的挑戰者們，應該都是在這個村子做最後準備吧。

為了避人耳目，我們沿著村子外圍移動。

天曉得哪裡會有由古的眼線。

順帶一提，我讓菲偷偷躲了起來。

因為不管再怎麼努力，只要走進村子，龍的龐大身軀就會被立刻發現。

偷偷摸摸移動的我們，來到位於村子角落的一間民宅。

這間民宅比其他房屋稍大。

哈林斯先生敲了敲那間民宅的門。

「來了。請問您哪位？」

出來應門的是一名壯年男子。

即使穿著衣服也遮掩不住男子鍛鍊過的體魄，讓人知道他不是普通的村民。

看到站在門前的哈林斯先生，男子露出驚訝的表情。

「好久不見。」

哈林斯先生低下頭。

「是啊。先進來再說吧。」

男子小心翼翼地環視周圍，然後將我們帶進屋內。

從這種態度看來，他似乎在某種程度上明白我們的處境。

「這位是迷宮領路人哥爾夫先生。我跟尤利烏斯他們受過這位先生的關照好幾次了。」

「承蒙介紹，我是哥爾夫。請多指教。」

「哥爾夫先生，他是尤利烏斯的弟弟修雷因。」

「我叫修雷因。請多指教。」

在哈林斯先生的介紹下，大家輪番向屋主問好。

哥爾夫先生露出柔和的微笑聽著這些話，但這個人似乎並不好惹。

雖然隱藏在衣服底下看不出來，但他的身體經過相當程度的鍛鍊，看似柔和的雙眼也暗藏著觀察我們的銳利目光。

難怪哈林斯先生對他畢恭畢敬。

他似乎不是簡單人物。

「那麼……哥爾夫先生，我就單刀直入地說了吧。我們目前受人陷害，處於被帝國追緝的立場。為了解決這個麻煩，我們想要穿越艾爾羅大迷宮，前往卡薩納喀拉大陸，但帝國兵守著入口，讓我們無法如願。不曉得哥爾夫先生能否助我們一臂之力，帶我們進到大迷宮裡面？」

哈林斯先生的要求，讓哥爾夫先生稍微想了一下。

「我大致明白情況了。聽說哈林斯先生企圖顛覆國家時，我也覺得事有蹊蹺。」

看來哥爾夫先生早就對王都裡發生的事件略有所知。

因為工作性質上的緣故，迷宮領路人的人脈很廣。

他八成已經利用人脈，收集到情報了吧。

而且還從那些情報中察覺到我們只是受人陷害。

「可是很遺憾，我沒辦法幫忙各位。」

但哥爾夫先生接下來的話讓我們失望了。

「請您再出馬一次吧！」

「真的很抱歉。我也要保護自己的生活和性命，不能隨便幫助你們，讓自己被帝國盯上。即使我願意冒險，只要想到可能禍延家人……」

「這樣啊……」

雖然沒親眼看見，但我能感覺到屋裡還有包含小孩在內的好幾個人。

哥爾夫先生也有家人。

我們不能勉強拉攏他，害他家人也被捲入麻煩。

雖然早已明白，但再次遇到這樣的情況，還是讓我徹底了解到，貼在我們身上的叛國者標籤有多麼沉重。

不，他光是願意聽我們說話，其實就已經很好了。

因為在最糟糕的情況下，他就算一看到我們就兵刃相向也不奇怪。

即使知道我們是清白的，他應該也不想違抗國家的強大公權力吧。

「哼，如果這個膽小鬼不願意帶路，要不要把這份工作交給我？」

一名老人踹門而出，向情緒低落的我們如此提議。
「老爸！」
「真是的，膽小的傢伙。都幾歲的人了，居然還會害怕帝國？」
一手拿著酒瓶的老人就這樣走到我們中間。
「我是這個膽小鬼的爸爸，名叫巴斯卡。需要我代替這傢伙，幫你們帶路嗎？」
「等一下！老爸……！」
「給我閉嘴。」
雖然音量不大，這句話聽起來卻充滿魄力，讓哥爾夫先生不得不閉上嘴。
巴斯卡先生有著不像是老人的威武體格，還散發出讓人一目瞭然的霸氣。
我能從他身上感受到一種強者風範，忍不住想要鑑定一下他的能力值。
「害怕帝國的話，還當什麼領路人啊？躲在迷宮深處的怪物比帝國可怕多了。迷宮領路人該畏懼的不是人，而是迷宮。我有說錯嗎？」
巴斯卡先生出言教訓哥爾夫先生。
這番話聽起來明明顛三倒四，哥爾夫先生卻似乎無法反駁。
「你應該也不滿於現況吧？那就把這份工作交給我。就算因為這樣被帝國盯上，你只要說一切都是我這老頭子自作主張就行了。」
「老爸……」

被巴斯卡先生說服後，哥爾夫先生的氣勢就迅速減弱了。

哥爾夫先生肯定也對現在的帝國心懷不滿。

「如果不嫌棄我這個退休老頭，我就替你們帶路。不曉得各位意下如何？」

雖然哈林斯先生還在煩惱，但直覺告訴我這個人可以勝任。

我用念話跟其他人簡單地說明自己的想法。

此時，巴斯卡先生的表情出現些許變化，而我並沒有漏看這點。

難道這個人有辦法竊聽念話？

「那就麻煩您了。」

「沒問題。不過，其實我也沒辦法幫上什麼忙。」

這只是客套話吧。

因為任何人都能在這短暫的相處中，看出巴斯卡先生是個不簡單的人物。

「那我們就來談談具體的計畫吧。」

在哈林斯先生的提議下，我們開始討論今後的計畫。

哥爾夫先生似乎也不再堅持已見，決定支援我們的行動。

順利完成與巴斯卡先生等人的交涉之後，我用念話告訴菲這個好消息。

結果她不知為何，說要換老師跟她通話。

「老師，菲好像想跟妳談談。」

「她想談什麼呢？」

代替我通話的老師跟菲聊了一下後，就說她有事要離開，然後就出去了。

為了保險起見，我也說要跟去，卻不知為何遭到拒絕。

卡迪雅和安娜這兩名女性代替我陪老師一起前去，讓哥爾夫先生家裡只剩下一群臭男人。

「最近的女孩子還真強。那些女孩都是相當厲害的高手吧？」

巴斯卡先生毫不客氣地問道。

「過問別人的能力，不是很失禮的行為嗎？」

別人是這麼告訴我的。

正因為如此，我一直避免胡亂使用從小就慢慢賺取熟練度，早已練到最高等級的鑑定。

「一般來說是沒錯。可是，我們迷宮領路人有必要在某種程度上掌握客人的實力。因為進到迷宮之後，迷宮領路人的判斷將會左右客人的性命。為了負起這個責任，可由不得我們顧慮到禮節喔。」

巴斯卡先生一邊聳肩一邊解釋。

「所以，即使不使用鑑定，我們也能一眼看出對方的大致實力。不過準確度並不是很高！」

他不知為何豪邁大笑，並且大口喝酒。

「你們所有人應該都是相當厲害的高手吧？但就算是高手，在迷宮裡也可能輕易死去，千萬不能掉以輕心。」

這應該是他的忠告，要我們別自恃實力高強就輕敵。

聽到這些話的我只能乖乖點頭。

雖然我也不可能輕敵就是了。

老實說，我最近對自己越來越沒信心了。

即使成為勇者，我在關鍵時刻卻完全派不上用場。

不但沒辦法向由古報一箭之仇，面對蘇菲亞也只能夾著尾巴逃跑，還丟臉到被羅南特老先生放過一命。

我的能力值相當高。

儘管如此，世上依然存在著輕易凌駕在我之上的怪物。

照這樣下去，我絕對無法對抗那些傢伙。

所以我沒有能夠輕敵的餘力。

因為我還得變得更強才行。

「年輕真好。」

巴斯卡先生似乎從表情看出我的心事，將溫暖的視線拋了過來。

我自然而然別過頭，想要逃離那道視線。

「我們回來了。」

老師她們正好在這時回來。

嗯？

老師、卡迪雅和安娜都回來了……但另一個女生是誰啊？

「鏘鏘鏘！人型版菲妹妹初次登場嘍！」

那名女子興奮地擺出可愛的姿勢自我介紹。

她有著雪白肌膚和光彩奪目的頭髮，而且背上還長著翅膀，簡直就像是天使。

但最讓我驚訝的反而是那張臉。

因為那張讓人相當懷念的臉，就跟前世的菲——漆原美麗長得一模一樣。

「妳……妳是菲嗎？」

雖然光看臉就知道，而且對方早就如此自稱，我還是沒辦法不這麼問。

「ＹＥＳ！進化後的我得到光竜這個技能，結果技能中居然有人化的效果耶！」

她之所以這麼興奮，恐怕是因為在轉生後初次變回久違的人型吧。

雖然身上很多地方都還留有竜的特徵，像是翅膀和露出在外的手上的鱗片等，但外表已經非常接近人類。

雖然我只能想像轉生成竜的菲的心情，但從她興奮的模樣看來，她應該相當開心。

不明白其中緣由的巴斯卡先生和哥爾夫先生都愣住了，不過還是請他們暫時睜一隻眼閉一隻眼吧。

菲身上穿著我從未見過的服裝。

那八成是老師她們趕緊在這個村子裡買的衣服吧。

所以她們才不讓我去嗎？

因為平常處於竜型態的菲一絲不掛，所以變成人之後應該也是一樣。

如果是這樣，那她人化之後不就是全……

「你在想什麼啊？」

卡迪雅纏繞著某種黑色能量的話語，把我剛才正在想像的畫面趕出腦海。

我絕對沒有什麼下流的想法。我只能暗自如此辯解。

「可是，為什麼我不行但是妳可以？」

卡迪雅原本也是男生不是嗎？

「我當然可以。」

可以嗎？

「可是，這衣服還真適合妳。」

「對吧！我果然美得發亮！美少女登場！」

用過人耳力聽到我的呢喃聲後，菲開始手舞足蹈。

前世的菲──漆原美麗是一位夠資格如此自誇的美少女。

正因為如此，她的自尊心很強，才會無法原諒比自己還要受歡迎的若葉同學，進而做出欺負她的事情。

雖然現在的菲長著翅膀，有著可說是半竜人的模樣，看起來就像是在玩角色扮演，但那張端正的容貌讓她看起來一點都不奇怪。

因為光竜的翅膀原本就跟鳥的翅膀很像，讓她感覺像是天使。

即使本人的言行跟天使有著天壤之別，但菲果然還是菲這點，反倒讓我感到安心。

不管怎麼說，這樣就能避免菲因為身體太龐大而無法進入艾爾羅大迷宮了。

竜型態的菲的龐大身軀，在室內勢必會讓她行動受限。

我曾經擔心她會不會沒辦法進到艾爾羅大迷宮。

在最糟糕的情況下，我還能用召喚術把她叫到身邊，所以我還想過要把她留在這裡。

因為本人叫我不用擔心，所以我就相信她了，沒想到這就是她的解決對策。

這樣我們就能所有人一起挑戰迷宮了。

幕間　魔王的心腹在會議上再次嘆氣

「可以開始開會了，巴魯多。」

「遵命。」

魔王大人說出跟上次那場戰前會議一字不差的開會宣言。

可是會議的參加者已經跟當時有所不同。

人數減少了。

原本有十個座位。

其中三個已經變成空位。

「那就先從各軍的近況報告開始吧。第一軍軍團長亞格納戰死。軍隊本身也受到毀滅性打擊，倖存者已經被配屬到其他軍團了。」

我翻閱手邊的資料，說出第一軍的詳細近況。

這份資料上也寫著第一軍毀滅的原因。

可是，我沒有提及那件事情。

因為在場的所有人都知道原因，也明白其中的內幕。

第一軍是在與人族的戰爭中毀滅的。

但絕對不是被人族毀滅。

第一軍進攻的地點是庫索利昂要塞這個戰略要地。

在為數眾多的要塞中，這個要塞位於地理位置特別重要的地點，因此有著堅固的防禦力，並且配置了同等的戰力。

正因為如此，才會由魔族軍中冠有第一之名的軍隊負責進攻。

戰況幾乎是不相上下。

雖然要塞有防守上的優勢，對人族較為有利，但多虧了第一軍團長亞格納出色的指揮，讓魔族軍處於劣勢還能跟人族打得平分秋色。

但是，就在魔族軍逐漸受到占有地利的人族軍壓制，開始考慮撤退時，那傢伙出現了。

那就是被稱為活生生災厄的神話級魔物——女王蜘蛛怪。

戰場頓時化為阿鼻地獄。

不管是魔族還是人族，全都被突然現身的女王蜘蛛怪蹂躪，雙方皆受到毀滅性的打擊。

真要說的話，損害較大的應該是連要塞都被摧毀的人族，但這點並不值得高興。

人族之間流傳著某個傳聞，說魔族是為了扭轉乾坤，才會召喚出無法駕馭的女王。

但是……這可不是在開玩笑。

那隻女王蜘蛛怪打從一開始就是為了毀滅雙方而召喚出來。

目的是把今後可能礙事的第一軍團長亞格納連同軍團一起收拾掉。

我們是在戰爭結束後整理亞格納的遺物時，發現他暗中勾結妖精族的證據。

我不知為何接到魔王大人的指示，要我親自幫他整理遺物。

結果我找到寫有避免與人族一戰的策略的計畫書，以及他透過跟妖精走私物品營利時的帳簿等證據。

事情到了這個地步，我總算明白魔王大人為何故意叫我親自整理那些遺物。

因為魔王大人早就知道亞格納是暗中勾結妖精的叛徒。

於是，她利用突然出現在戰場上的女王蜘蛛怪收拾叛徒，把這件事偽裝成一場意外。

但她應該不想隱瞞真相。

不但如此，她還故意讓我們看到暗示真相的證據，引導我們發現真相。

這只代表一件事情。

叛徒不可能得到原諒——這就是她暗中傳遞給我們的訊息。

沒人有辦法違抗能操控神話級魔物的魔王大人。

「接著報告第二軍的近況吧。」

「遵命。」

第一軍近況的詳細報告結束後，為了聽取第二軍的報告，我將視線移向第二軍團長沙娜多莉。

「第二軍目前正在歐昆要塞附近待命，確認巨口猿有沒有從要塞裡面跑出來。目前還沒發生這樣的狀況，也沒有出現人為損害。」

沙娜多莉滔滔不絕地進行報告。

她率領的第二軍在這場戰爭中毫髮無損。

因為她把巨口猿這種魔物放進歐昆要塞，靠著那種魔物的力量攻陷要塞。

巨口猿是一種長得像是猴子的魔物，具有只要殺死其中一隻，就會成群結隊前來復仇的特性。

而且除非殺死巨口猿的凶手死去，或是巨口猿大軍全滅，否則牠們都不會停止攻擊。

沙娜多莉就是利用這種特性，讓要塞裡的人殺死抓到的巨口猿，成功煽動巨口猿大軍。

大量繁殖的巨口猿大軍輕易攻陷要塞。

根本沒有第二軍出場的餘地。

反倒是因為巨口猿占據了要塞，讓他們也無法輕易採取行動。

萬一巨口猿往魔族領地的方向開始移動，恐怕會對我方造成損失。

因為這個緣故，第二軍只能駐守在歐昆要塞附近，監視那群巨口猿。

這是表面上的狀況。

事實上，這只是沙娜多莉用來讓自己繼續保留軍力的藉口。

其他軍團都在先前的戰爭中受到巨大打擊，正忙著重新編組，只有第二軍完好無缺地留在沙娜多莉手上。

在剩下的軍團長中，她可說是保留了最多實力的人。保留用來對抗魔王大人的實力。

——你要不要跟我一起背叛魔王？

我想起沙娜多莉不久之前的提議。

——要是繼續跟隨那位魔王，我們總有一天會被壓榨到死。如果能聯合妖精暗算她，應該就能擊敗那位魔王。

在亞格納戰死之後，妖精似乎找上沙娜多莉。

而她決定跟妖精合作，向魔王大人掀起反旗。

我只給了她忠告，要她別幹傻事，然後便轉身離開。

——布羅那件事……你不可能不懷恨在心吧？

離開時從身後傳來的話語，讓我不由得咬牙。

我一邊聽取其他軍團的報告，一邊看向第七軍團長的座位。

那裡已經變成空位。

那曾經是我弟弟布羅的座位。

但布羅再也不會坐在那裡了。

布羅在對決勇者時敗下陣來。

而身為第十軍團長的白在那之後立刻擊敗勇者。

而且還是輕易取勝。

不管是誰都能看出白故意對布羅見死不救的事實。

即使擁有足以秒殺勇者的實力，白依然眼睜睜看著布羅被殺。

彷彿打從一開始就在等著看布羅戰死一樣。

我弟弟照著魔王大人寫好的劇本戰死了。

當我明白這個事實時的悔恨，任何人肯定都無法理解。

胸中充滿某種難以忍受的激情，但我還是不得不壓下這樣的感情，繼續侍奉魔王大人。

因為任何人都敵不過魔王大人。

不管沙娜多莉保留多少軍力，不管她有沒有跟妖精聯手，全都是毫無意義的事情。

因為魔王大人擁有能獨自消滅掉這一切的實力。

儘管如此，某些搞不清楚狀況的傢伙，卻誤以為魔王大人很弱。

因為自從就任魔王之後，魔王大人連一次都不曾戰鬥，才會出現她說不定很弱的傳聞，讓某些傢伙信以為真。

沙娜多莉就是其中之一。

魔王大人之所以不親自出馬，並不是因為實力不足。

反而是因為她強大過頭，會讓戰況變成單方面的虐殺。

魔王大人並不樂見這樣的狀況。
因為魔王大人希望魔族也參加戰鬥，盡可能受到更加慘重的損害。
正因為如此，她才不親自出馬，而是讓軍隊代打。
儘管只要她有那個意思，就算不使用軍隊，也能單槍匹馬蹂躪對手。
而且這位魔王大人還握有能秒殺勇者的白這個棋子。
到底該如何挑戰這樣的對手？
弟弟的仇敵？
雖然他被自己人見死不救，但實際下手的人是勇者。
我不是不恨魔王大人。
但惹怒魔王大人就等於捨棄整個魔族的命運。
所以我才會發誓效忠魔王大人。
比起整個魔族的命運，我個人的感情實在太微不足道了。
但沙娜多莉不明白這個道理。
「接下來換第三軍報告吧。」
我用冰冷的聲音命令第三軍團長古豪報告。
這名男子也在暗中幫助沙娜多莉。
沙娜多莉沒告訴我她還有古豪這位同伴，難不成她以為能瞞得過我嗎？

如果她真這麼認為，那未免太天真了。

「呃……第三軍的現況大概是……」

古豪結結巴巴地開始報告。

雖然古豪的戰鬥能力很強，但腦袋就不太靈光了。

他肯定是傻傻地聽信沙娜多莉的花言巧語，才會答應幫忙吧。

那種討厭戰鬥的溫厚個性，或許也成了讓他受人利用的原因。

我對古豪的報告置若罔聞，同時看向第六軍團長的座位。

那裡也變成空位了。

那是如果還活著，應該也會協助沙娜多莉的修維的座位。

修維生前就跟沙娜多莉較為親密。

要是聽說沙娜多莉跟妖精結盟，他應該二話不說就會加入。

修維是外表和心靈都很年輕的軍團長。

聽說他對上由人族最強魔法師羅南特率領的軍團，最後被羅南特本人的魔法解決了。

他大概是唯一一個在魔王大人沒插手的情況下，純粹在實力上敗給人族的軍團長吧。

話雖如此，但這並不代表修維的實力比其他軍團長遜色。

雖說想法多少有些不成熟，但他還是擁有足以成為軍團長的實力與頭腦。

純粹是因為羅南特實力較強罷了。

與其貶低戰敗的修維，倒不如稱讚戰勝的羅南特。
只要想到萬一他活著回來，或許會被沙娜多莉給利用，我就覺得敗給出色的敵人戰死沙場，說不定反而是對他較好的結局。
簡短的話語將我的思考拉回現實。
「第十軍，重新編組完畢。」
第十軍團長白正好結束最後的報告。
她似乎不打算做詳細報告，說完這句話就閉口不語。
第十軍的動向與編組內容連我都不清楚。
八成是由魔王大人直接對白下達指示，讓她獨自行動吧。
我再次看向白。
白——只能用這個字形容的少女。
雖然看上去不像擁有輕易葬送勇者的實力，但魔王大人也是外表不等於實力的人。
這名少女才是魔王大人的王牌，也是頭號大將。
「嗯。報告差不多結束了吧？那就讓我們進入今天的正題吧。」
確認報告告一段落之後，魔王大人開口了。
搞不清楚狀況的軍團長都被魔王大人主動發言這件事嚇到了。
因為平常的會議都是由我負責主持，她幾乎不曾發言，所以他們都很驚訝，不知道發生了什麼事情。

「我即將率領直轄軍、第四軍、第八軍和第十軍前去消滅妖精。」

這句話讓事前都不知情的軍團長們動搖了。

內心特別動搖的應該是沙娜多莉和第三軍團長古豪吧。

因為他們都是暗中勾結妖精的軍團長。

「那些傢伙一直偷偷搞鬼，我覺得差不多該請他們退場了。事情就是這樣，在我們回來之前，剩下的軍團就專心重新編組並且維持治安，讓人族無法進攻吧。」

魔王大人輕描淡寫地這麼說。

沙娜多莉和古豪現在應該很緊張吧。

「啊，別想要前後夾擊喔，那只是白費力氣。」

魔王大人笑咪咪地說出這句話，彷彿是在落井下石。

沙娜多莉和古豪的臉色變得相當難看。

所以我就說了嘛。

別做傻事。

不光是戰鬥能力，魔王大人的一切能力都凌駕在我們之上。

因為她是無法用我們的常識衡量的怪物。

根本不可能戰勝。

所以，只要是魔王大人說要消滅的對象，就一定會被消滅。
妖精族的命運已經註定了。

2 與老媽的精神大戰

我是前魔法部長一號。

不過，要是這個重要任務結束，我可能又會回去當魔法部長了吧。

等我完成擊敗老媽這個重要任務。

【一號！別偷懶！快工作！呀啊！】

啊，前身體部長被老媽的攻擊轟飛出去。

變成天上的煙火了。

沒事兒沒事兒。

她死不了的。

因為現在的我們，頂多也只會被轟飛出去。

首先，我們並非在現實世界中戰鬥。

這裡比較像是老媽的精神或靈魂的世界，就跟在夢裡戰鬥一樣。

老媽擁有能夠支配眷屬的技能，並且利用那種技能操控自己生下的孩子。

而我們的本體也開始受到這個技能的影響。

我們是在跟火龍戰鬥時發現這件事。

戰鬥剛開始時，我們就發現自己的感情有些不太對勁。

調查原因之後，我們才知道自己一直在接受老媽發出的電波。

既然右臉被打，那當然要狠狠打回去吧？

於是，我們循著那道試圖控制我們的電波，反過來對老媽發動反擊。

方法就是把平行意識的精神體送進老媽體內。

平行意識是能夠複製自己意識的技能。

簡單來說，就像是僅限於意識的分身術一樣。

因為只有一個身體，所以這或許也算是一種多重人格。

只不過，藉由讓每個意識分擔不同的工作，就能讓一個身體完成好幾人份的工作。

以我們來說，我就是負責發動魔法，其他意識則是負責操控身體，或是負責收集情報。

這就類似於戰車的駕駛員、車長和砲長的分工合作。

而我們只把一個平行意識留在本體，剩下的全都派去攻略老媽了。

我們就是被派出去的平行意識。

眼前是老媽的龐大身軀。

但那只不過是精神體，並不是老媽在現實中的肉體。

老媽的精神體已經失去了幾隻腳。

那都是被我們吃掉的。

就算是現在，老媽的精神體上也正被好幾隻跟我的本體長得一模一樣的精神體啃食。

而老媽正忙著甩開並轟飛那些傢伙。

不過，我已經說過好幾次了，我們現在的身體不是現實世界中的肉體，而是精神體。

就像是靈魂的碎片。

而我的本體還擁有外道無效這個能夠免疫傷害靈魂效果的技能。

換句話說，不管挨了多少老媽精神體的攻擊，只要我們是靈魂，就絕對不會受傷！

因此，我們能夠無懼死亡地英勇衝鋒。

老媽根本不足為懼！

就算被踩扁、被咬碎、被魔法擊中，我們也不痛不癢。

簡直就跟無敵沒兩樣！

即使挨了在現實中會一擊斃命的攻擊，我們也不會有事。

不過，因為原本的戰力差距很大，所以就算我們處於無敵狀態，這場戰鬥還是打了好幾天。

儘管如此，我們還是成功地慢慢把老媽逼入絕境。

只要我們這些平行意識擊敗老媽的精神體，現實中的老媽也會死。

不管怎麼說，那可是牠的靈魂。

失去靈魂的生物也很難說是活著。

我猜牠的肉體到時候應該也會停止生命活動。
這樣一來就是我贏了。
既然肉搏戰沒有勝算，那只要打精神戰就行了。
不是心理戰，是精神戰才對喔。
這很重要。
雖然我們攻擊威力太弱，幾乎沒造成傷害，但對方的攻擊卻是完全無效。
如果是這樣，那一點一點給予對方傷害的我們當然遲早會獲勝。
而且我們的本體已經離開艾爾羅大迷宮，到外面的世界旅行了。
但身軀龐大的老媽無法踏出迷宮。
早在那時候就已經分出勝負了。
再來只要慢慢折磨老媽的精神體就行了。
強大的老媽，應該作夢也沒想過自己會被這樣擊敗吧。
雖然這裡本來就跟夢境沒兩樣就是了。
【一號！妳這混帳又在那邊偷懶！】
前身體部長一邊抱怨一邊跑回來。
儘管剛才那麼誇張地被轟飛出去，她身上卻毫髮無傷。
外道無效真是太神啦。

要是沒有這個技能，我應該毫無勝算。

老媽精神體的戰鬥力跟現實中完全一樣。

這也是理所當然的事情。

因為現實中的能力值強度就等於靈魂的強度。

雖然肉體的強度在某種程度上也有關聯，但幾乎都是來自靈魂的影響，所以有如靈魂本身般的精神體強度當然會等同於肉體。

換句話說，我們這些精神體的強度也跟本體差不多。

只不過，我們透過平行意識這個技能分裂成好幾個精神體，能力也跟著減弱了。

明明靠著外道無效的效果完全免疫對手的攻擊，卻還是陷入這樣的苦戰，就證明了老媽和我們的本體之間有著難以填補的實力差距。

我們不斷重複著被轟飛出去，然後衝向老媽張嘴狠咬的動作。

花了好幾天做著同樣的事情，才總算對老媽造成顯而易見的傷害。

【別無視我！】

啊……真是吵死人了。

我也不是在偷懶啊。

〔喂，前身體部長。〕

【幹嘛？】

〔妳不覺得奇怪嗎？〕

哪裡奇怪？我沒等前身體部長說出這句話。

奇怪的是老媽的行動。

只要擁有外道無效，我們就不用擔心會在精神體戰鬥中敗下陣來。

因此，就算會耗上不少時間，老媽也遲早會戰敗。

這是明擺在眼前的結果。

既然如此，那牠不可能不做出某種對策。

老媽首先採取的行動，是讓身為牠部下的超級蜘蛛怪率領著蜘蛛軍團，前往因為太過狹窄而讓牠無法親自入侵的我們本體的所在之處。

在老媽的部下之中，超級蜘蛛怪已經是足以對抗龍種的強者了。

牠應該認為只要派遣這樣的軍力就能殺死我的本體吧。

可是，結果我靠著卑鄙的戰術反過來殺掉那些敵人。

到這裡為止還算正常。

但之後就開始奇怪了。

既然超級蜘蛛怪戰敗，那牠就非得做出下一步行動不可。

因為要是就這樣對我置之不理，牠就會死掉。

不過，老媽完全沒有採取行動。

儘管牠手邊還有其他部下。

吃掉老媽部分精神體造成的影響，讓我變得能夠窺見老媽的視野。

在迷宮裡的某個地方，還有包含超級蜘蛛怪在內的蜘蛛大軍。

而老媽就坐鎮在蜘蛛大軍之中。

只要看到那副光景就能明白，之前被派去襲擊我們本體的蜘蛛軍團，只是老媽部下的一小部分罷了。

那牠為何不派遣那些軍隊去襲擊我的本體？

就是這點我想不通。

自己這麼說可能有點臭屁，但我們的本體很強。

雖然能夠輕易擊敗超級蜘蛛怪是多虧了我設下的陷阱，但我還是強到足以正面戰勝比超級蜘蛛怪更強的地龍亞拉巴。

不過，如果讓超過兩隻的超級蜘蛛怪同時發動攻擊，就很有機會戰勝我們的本體。

儘管如此，老媽卻沒有那麼做。

別說是兩隻了，牠身旁明明還有更多超級蜘蛛怪。

但牠彷彿在等待著什麼一樣，動也不動地對付我們這些精神體。

雖然牠派出讓我覺得打不過的蜘蛛大軍，我也會立刻轉移逃走就是了。

等一下？

難不成老媽也明白這個道理嗎？

牠知道我在遇上毫無勝算的戰鬥時會毫不猶豫地選擇逃跑嗎？

很有可能。

從我出生的瞬間開始，我和老媽之間就因為老媽支配眷屬的技能而連繫在一起了。

牠應該不會特別注意區區一名眷屬，但我經常做出奇特的行動，說不定早就被盯上了。

如果老媽有透過技能監視我至今的行動，那就算牠能看穿我的行動模式，也不是什麼不可思議的事情。

正因為如此，由超級蜘蛛怪率領的第一批蜘蛛軍團，說不定也做過巧妙的戰力調整，讓我以為只要拚盡全力就能勉強打贏。

事實上，當初沒有設下陷阱，跟敵人光明正大對決的話，我很可能會以些微的差距戰敗。

如果只有一隻超級蜘蛛怪，我應該能夠戰勝。

不過，早在牠帶著部下現身時，我的勝算就不高了。

重點在於勝算不高。

那不是我絕對無法戰勝的戰力。

即使對我不利，只要還能看到勝算，我就不會逃跑。

雖然結果是我們的本體大獲全勝就是了。

如果老媽是看穿這點才派出那個蜘蛛軍團，那牠真的相當聰明。

搞不好跟人類不相上下或是更聰明。

如果真是這樣，就讓人更想不通牠目前按兵不動的理由了。

儘管只要牠不採取行動，遲早會被我們這些精神體擊敗。

按兵不動很奇怪？

彷彿在等待著什麼一樣按兵不動？

難不成牠真的在等待著什麼嗎？

若真是如此，那牠到底在等待什麼？

彷彿是要肯定我的不好預感，之前一直動也不動的老媽跟周圍的蜘蛛軍團突然動了起來。

而且還是同時。

蜘蛛軍團分成以超級蜘蛛怪為首的幾支部隊往周圍散開，老媽也以從那副巨大軀體難以想像的超快速度開始移動。

中計了。

老媽就是在等待這一刻。

〔快聯絡本體！〕

【不行！老媽好像有做出某種妨礙，讓我無法跟本體取得聯絡！】

真的假的……

這下子糟糕了。

雖然不曉得牠用了什麼技能，但看來我們這些精神體與本體之間的連繫似乎暫時中斷了。
這樣我們就連想要警告本體都做不到！
老媽一直在等待。
等待本體離開迷宮的瞬間。
為了防止本體遇到萬一時逃回來，牠還把自己的部隊派遣到這個迷宮的各個角落，事先堵住所有退路。
而負責追殺失去退路的獵物的人，就是君臨蜘蛛軍團的女王。
老媽以驚人的速度從超級深的縱穴底部衝向上方。
然後在即將撞到天花板時張開嘴巴。
噴出能夠破壞萬物的吐息。
那八成是模仿龍族並利用龍力使出的冒牌吐息。
但就算是冒牌貨，威力也不見得就會較弱。
吐息反而發揮出超越真正龍族的強大破壞力，轟破了迷宮的超厚天花板。
衝擊力強大到有如天翻地覆。
有如隕石般的巨岩，像是雨水一樣墜向縱穴底部。
穿過那陣暴雨，就來到頂著藍天的地面了。
騙人的吧！我差點這樣叫了出來。

老媽……沒想到妳這傢伙居然打破迷宮，跑到外面。

我們原先設想的前提條件，也就是身體太大的老媽沒辦法跑到迷宮外面這張安全牌消失了。

老媽成功逃離名為迷宮的狹窄牢籠。

目的地不用說也知道，就是我們本體的所在之處。

但本體還不知道這件事。

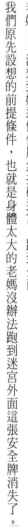

S2 勇闖艾爾羅大迷宮

「那……那個……我不會游泳……」

巴斯卡先生決定帶我們挑戰迷宮的隔天，做好萬全準備的我們終於要進入迷宮了。

地點不是被要塞擋住的艾爾羅大迷宮入口，而是海邊。

「聽好，從這個懸崖跳下去之後，就能在海底找到通往艾爾羅大迷宮的入口。這裡應該沒有不會游泳的傢伙吧？」

面對巴斯卡先生的這個問題，菲一臉難為情地說出剛才那句話。

所有人都用難以置信的表情注視著菲，無地自容的菲縮起身子。

巴斯卡先生原本應該也只是開個玩笑，沒想到真的有人不會游泳吧。

他尷尬地搔搔頭。

順帶一提，我們現在都穿著泳裝。

也就是說，巴斯卡先生已經事先告知我們要游泳，而我們也做好準備，但看來菲直到現在才敢說出這個事實。

「妳真的不會游泳？」

為了打破這種難以言喻的尷尬氣氛，哈林斯先生開口了。

「嗯……」

菲用小到幾乎聽不見的音量表示肯定。

該怎麼說呢……這還真是教人意外。

不管是在前世還是今世，菲都給人無所不能的印象。

不過，仔細想想，我好像也沒見過菲游泳的模樣。

今世根本沒有游泳池那種能夠安全游泳的地方，下水游泳的機會本來就不多了。

雖然我們在前世就讀的高中有游泳池，但因為是男女生分開上課，所以我不曾見過菲游泳。

因此，我無法判斷她到底是哪種等級的旱鴨子。

「菲，妳能游多遠？」

「不知道。我前世連二十五公尺都游不完。而且變成這種身體後，我根本不曾游泳。」

這答案有些微妙。

連二十五公尺都游不完，反過來說不就是稍微會游泳嗎？

若非如此，她應該會說自己完全不會游泳。

只要這麼一想，憑菲現在的能力值，或許有辦法勉強挑戰看看。

畢竟光就能力值來看，她甚至比我還要強。

真不愧是竜——我只能這麼說了。

「這下子該怎麼辦？」

哈林斯先生一臉為難地低聲沉吟。

菲是我們之中最重要的戰力。

考慮到還要跟由古決戰，就不該把她留在這裡。

「萬一真的不行，我就帶著她一起潛水吧。」

聽到我這麼說，卡迪雅瞪了我一眼，但這也是逼不得已的事情。

菲的身體很重。

雖然外表變得跟人類很像，體重依然跟竜型態時一樣重。

因此在人化的時候，她會用能夠操縱重力的重力魔法來掩飾真正的體重。

可是若潛入水中，就沒辦法進行細微的控制，說不定不得不解除魔法。

這麼一來，就只有能力值最強的我能夠幫菲支撐身體。

考慮到要是發生意外的狀況，我就不能把這個任務交給別人。

正是因為明白這個道理，卡迪雅才會只是瞪著我而沒有多說什麼。

不過，我總覺得她這樣閉口不語反而更有魄力……

「菲，妳要拚命游泳喔。」

卡迪雅對菲下達充滿魄力的命令。

這句話明明不是對著我說，卻讓我感到背脊發寒。

聽到命令的菲默默點了點頭，但臉色變得有些蒼白。這應該不是我的錯覺吧？

「喂……這些傢伙沒問題吧？」

「雖然很難說是沒問題，不過這也沒辦法。」

巴斯卡先生傻眼的話語，以及哈林斯先生的嘆息聲，無情地刺進我的胸口。

「喂，小鬼們，別鬆懈！海裡是水龍的地盤。要是一時大意，可是會被吃掉的喔！」

聽到巴斯卡先生的訓斥，我們趕緊拋開鬆懈的情緒。

「那我們出發吧！緊緊跟著我！」

巴斯卡先生從懸崖一躍而下。

我們也跟著從懸崖往下跳。

我跳進水裡，確認周圍的狀況。

菲在我身旁僵硬地揮舞手腳，努力划水。

雖然看上去不像是溺水，卻無法順利前進。

逼不得已，我只好拉著她的手前進。

不曉得是因為重力魔法的影響，還是因為在水裡，我一點都感覺不到菲的體重。

看來應該能夠繼續這樣游泳。

我開始跟著前方的巴斯卡先生游泳。

我們越潛越深，大概是在水深超過十公尺的地方，才看到要找的艾爾羅大迷宮入口。

巴斯卡先生游進岩壁上的空洞。
哈林斯先生、老師、安娜和卡迪雅依序跟著游進去。
就在這時，我突然感覺到身後有某種東西。
不好的預感讓我回頭，結果看到緩緩游過來的巨大生物。
水龍。
那傢伙長得就像是尼斯湖水怪。
看到我們的水龍，毫不猶豫地衝了過來。
「嗚嗚——！」
菲掙扎著想要逃跑，但只能不斷把水撥開，一點都沒有前進。
雖然我也趕緊游泳，但我在水中根本不可能快過水龍，再這樣下去，我們會在抵達入口之前被追上。
被追上就死定了。
在水中閉氣跟水龍戰鬥只是找死，更何況現在的我手無寸鐵，武器全都寄放在巴斯卡先生那個擁有空間收納效果的道具袋裡面。
瞥了心急的我一眼後，菲轉過身體張開嘴。
從菲口中發出耀眼的光之奔流。
是吐息！

吐息從菲的嘴巴發射出去，貫穿海水衝向水龍。

為了迎擊那道吐息，水龍也用吐息應戰。

光竜與水龍的吐息在海中對撞，衝擊波沿著海水，擴散開來。

我和菲的身體被衝擊波沖走，幸運進到通往迷宮的入口。

在狹窄的洞穴中，我們好幾次撞到牆壁，身體一邊翻滾一邊隨波逐流。

為了不讓跟我在一起的菲被沖走，我將她緊緊抱在懷中。

感覺就像是在玩沒有安全措施的滑水道。

在一瞬間的浮游感之後……

我們重重摔在地上。

因為保護著懷裡的菲，所以我身上承受的撞擊變得更為強烈。

看來我們是被沖到洞窟的盡頭了。

睜開雙眼，就看到拿著火把的巴斯卡先生。

他身上到處都是擦傷。

其他同伴身上也充滿或大或小的擦傷。

我記得剛才好像以相當快的速度被沖了不短的距離，所以只受到擦傷可能還算是走運了。

至少比起繼續在水裡跟水龍對峙要好多了。

只不過，雖然傷勢輕微，但大家的泳裝都變得破破爛爛。

幼兒體型的老師倒是還好，但卡迪雅和安娜的裸露程度已經到了危險的地步。

而卡迪雅正用雙手遮住破掉的泳衣瞪著我。

「嗚……抱歉。」

「我就不問你道歉的理由了，但你差不多該放開人家了吧？」

卡迪雅冷淡的話語，讓我想起自己一直抱著菲。

我突然意識到緊貼著身體的菲的柔軟肌膚，趕緊放開雙手。

「抱……抱歉！」

「嗯。反正你救了我，這樣我們就互不相欠了。」

菲寬大的判決讓我低頭謝恩。

「可惡！剛出發就落得這麼狼狽，前途堪慮啊！」

巴斯卡先生如此吶喊，我暗自表示贊同。

總之，我們身上到處都是擦傷，必須先治療才行。

雖然必須換下泳裝，但等到治療結束再換衣服應該比較好吧？

可是讓女生們維持這副暴露的模樣也不太好……

「但我們總算是平安進到裡面了。這裡是人世間的地獄，歡迎來到艾爾羅大迷宮。」

在為巴斯卡先生誇張的說詞感到洩氣的同時，為了幫大家治療，我準備使用魔法。

3 老媽來襲

我一邊享受著轉生後的初次散步，一邊走向附近的山。

雖然前世的我會出門上學，但幾乎不曾去過其他地方，就跟半個繭居族沒兩樣，但今世的我是會出門散步的健康寶寶！

因為我打從出生就沒有離開過艾爾羅大迷宮，所以在某種意義上比前世還要自閉，但那已經是過去的事情了！

散步真是超級開心！

人類果然還是得曬曬太陽才行。

人類不曬太陽，就沒辦法產生維他命D喔！

不過現在的我不是人類，而是蜘蛛！

儘管如此，光是被陽光照到就讓我興奮無比。

我重新體認到太陽的偉大了。

先不管這個世界的恆星是不是叫作太陽這個問題。

順帶一提，太陽只有一個。

不知道有沒有月亮。

雖然到了晚上就能確認，但這個異世界說不定會有兩個月亮。

我還真想看看那樣的景象。

星空八成也會跟地球的不一樣，讓我有些感興趣。

我有點期待晚上了。

沒想到我會對大自然這麼感興趣，在整天只知道打電動的前世，這根本就是無法想像的事。

說到大自然，長在周圍的花草也都能夠鑑定。

每根草都會顯示名稱，這真是嚇到我了。

如果鑑定的等級不高，鑑定結果肯定會全部都是「草」。

我好奇地一邊到處鑑定一邊前進，結果移動距離比想像中還要短。

反正我又不需要趕路，所以這完全不成問題。

我沉浸在散步的悠閒心情中，穿越平原抵達森林。

我知道在我接近的瞬間，森林裡的生物就馬上同時逃向遠方。

沒錯。

我是從迷宮跑出來的危險魔物。

難怪一般生物會想要逃離我。

總覺得心情有點被拉回現實。

高昂的興致稍微冷卻下來。
算了，重新打起精神，開始探索森林吧。
雖然生物都逃跑了，但植物可沒有逃跑。
我在森林裡找到類似水果的食物，鑑定之後立刻品嚐。
嗯～～！
好甜！好好吃！
不愧是天然食物！
我好幸福。
在進化成女郎蜘蛛之前，躲在森林裡靠著吃水果過活，好像也不錯。
嗯？
剛才是不是地震了？
震度大概有三吧？
原來這個世界也有地震啊……
因為當我還在艾爾羅大迷宮裡時從來不曾地震，所以我還真不曉得。
難道這世界不像日本那樣，經常地震嗎？
其實是日本太常發生地震了。
當我想著這些無聊的事情時，突然感應到最大級的危險訊號。

全身都因為即將到來的危險而僵住。

那是我許久不曾感受到的恐懼。

我還記得這種感覺。

那是我出生後初次感受到的恐懼。

咦？騙人的吧？

那傢伙不可能有辦法離開迷宮吧。

可是，告知危險的警報依然在腦海中響個不停。

我不能待在這裡。

衝刺。

為了盡可能逃離危險，我拔腿就跑。

下一瞬間，我感到有一股巨大的力量在遙遠的後方凝聚。

這可不妙。

我換個方向橫向逃跑。

我運用靠著打從出生就擁有的韋馱天這個技能持續強化的超快速度，全速逃離這個地方。

下一瞬間，我剛才所在的森林就被轟飛了。

黑色的能量奔流映照在視野的角落。

雖然跟亞拉巴的吐息很像，但屬性與威力完全不同。

屬性八成是黑暗吧。
威力甚至凌駕在亞拉巴的全力吐息之上。
因為那發射程長達數公里的吐息不但轟飛了大片森林，還把我正準備前往的山挖去了一大塊。
亞拉巴的吐息也擁有足以轟掉我家的威力。
但無法跟這一擊相提並論。
我曾經見過一次這種威力驚人的攻擊。
就是在中層擊潰由火龍連多率領的竜族軍團的那一擊。
我看向那個發出同樣攻擊的敵人。
結果看到如我所料的巨大身軀。
這是我第三次親眼見到那傢伙。
第一次是剛出生的時候。
第二次是在中層擊潰火龍的時候。
第三次就是現在，身為我母親的女王蜘蛛怪就站在那裡，把矛頭對準了我。
快跑！
快跑！

我拚命地跑！

牠到底是如何跑出迷宮？又是如何找到我的所在位置？雖然內心有很多疑惑，但現在只管逃跑就對了！

實際見到老媽後，我深切感受到自己根本毫無勝算。

雖然就距離上來說不可能辦到，但也許是因為我的平行意識依附在老媽身上，所以我成功鑑定出牠的能力值了。

〈女王蜘蛛怪（衰弱狀態）　LV89〉

能力值　HP：20557／20557（MAX24557）（綠）＋0（詳細）

MP：18301／18301（MAX22301）（藍）＋0（詳細）

SP：19097／19097（MAX23097）（黃）（詳細）

：19991／19991（MAX23991）（紅）＋0（詳細）

平均攻擊能力：20439（MAX24439）（詳細）

平均防禦能力：20286（MAX24286）（詳細）

平均魔法能力：17977（MAX21977）（詳細）

平均抵抗能力：17946（MAX21946）（詳細）

平均速度能力：20400（MAX24400）（詳細）

技能

「ＨＰ超速恢復ＬＶ４」
「魔神法ＬＶ３」
「ＳＰ高速恢復ＬＶ10」
「打擊大強化ＬＶ６」
「衝擊大強化ＬＶ５」
「氣力附加ＬＶ10」
「神龍力ＬＶ６」
「強麻痺攻擊ＬＶ10」
「藥合成ＬＶ10」
「操絲術ＬＶ10」
「射出ＬＶ10」
「產卵ＬＶ10」
「未來視ＬＶ３」
「命中ＬＶ10」
「隱密ＬＶ10」
「無臭ＬＶ１」

「ＭＰ高速恢復ＬＶ10」
「魔力附加ＬＶ５」
「ＳＰ消耗大減緩ＬＶ10」
「斬擊大強化ＬＶ３」
「異常狀態大強化ＬＶ10」
「技能附加ＬＶ６」
「龍結界ＬＶ２」
「外道攻擊ＬＶ７」
「絲的天才ＬＶ10」
「念動力ＬＶ３」
「空間機動ＬＶ10」
「集中ＬＶ10」
「平行意識ＬＶ９」
「閃避ＬＶ10」
「隱蔽ＬＶ２」
「帝王」

「ＭＰ消耗大減緩ＬＶ10」
「大魔力擊ＬＶ１」
「破壞大強化ＬＶ５」
「貫通大強化ＬＶ５」
「鬪神法ＬＶ９」
「大氣力擊ＬＶ３」
「猛毒攻擊ＬＶ10」
「毒合成ＬＶ10」
「神織絲」
「投擲ＬＶ10」
「眷屬支配ＬＶ10」
「思考加速ＬＶ９」
「高速演算ＬＶ10」
「機率大補正ＬＶ10」
「無聲ＬＶ10」
「外道魔法ＬＶ10」

「影魔法ＬＶ10」「黑暗魔法ＬＶ10」「暗黑魔法ＬＶ４」
「毒魔法ＬＶ10」「治療魔法ＬＶ10」「魔王ＬＶ５」
「飽食ＬＶ10」「破壞大抗性ＬＶ４」「打擊無效」
「斬擊大抗性ＬＶ４」「貫通大抗性ＬＶ４」「衝擊大抗性ＬＶ４」
「火焰抗性ＬＶ２」「水流抗性ＬＶ１」「暴風抗性ＬＶ１」
「大地抗性ＬＶ２」「雷光抗性ＬＶ１」「光抗性ＬＶ９」
「暗黑抗性ＬＶ４」「重大抗性ＬＶ１」「異常狀態無效」
「酸大抗性ＬＶ３」「腐蝕抗性ＬＶ８」「暈眩抗性ＬＶ５」
「恐懼抗性ＬＶ８」「外道抗性ＬＶ９」「疼痛無效」
「痛覺無效」「夜視ＬＶ10」「萬里眼ＬＶ１」
「五感大強化ＬＶ10」「知覺領域擴大ＬＶ８」「神性領域擴大ＬＶ２」
「天命ＬＶ10」「天魔ＬＶ10」「天動ＬＶ10」
「富天ＬＶ10」「剛毅ＬＶ10」「城塞ＬＶ10」
「天道ＬＶ10」「天守ＬＶ10」「韋馱天ＬＶ10」
「禁忌ＬＶ10」

技能點數：164500

稱號

「食親者」「惡食」「毒術師」
「魔物殺手」「絲術師」「暗殺者」
「人族殺手」「恐懼散布者」「無情」
「魔物屠夫」「屠竜者」「屠龍者」
「霸者」「魔物的天災」「王」
「人族屠夫」「竜族屠夫」「人族的天災」
》

這是哪裡來的怪物？

能力值全都超過兩萬耶。

也就是說，這傢伙的戰力算起來，大概比亞拉巴強上五倍。

誰打得贏啊！

比我想像中還要強太多了。

雖然我早已做好牠的能力值全都會超過一萬的心理準備，但沒想到實際數值還要多上一倍。

對我而言唯一的救贖，就是牠不知為何處於能力值低落的狀態。

所有能力值都降低了四千左右。

這該不會是平行意識們努力的成果吧？

若是這樣，就表示我有能力讓這個怪物衰弱到這個地步。

總覺得我好像有點厲害。
不過，我還是看不到勝算。
因為即使處於衰弱狀態，牠就連最低的能力值也遠遠超過我最高的能力值。
所以我選擇逃跑。
挑戰毫無勝算的敵人，就跟自殺沒兩樣。
我可不想選擇那種無趣的死法。
如果已經無路可退，那我可能會自暴自棄地放手一搏，但我現在還有機會成功逃掉。
我跟老媽之間還有一段距離。
因為對方的速度比我快，所以我遲早會被追上，但這不是能瞬間追上的距離。
雖然那種超強吐息攻擊可以無視距離射到這裡，但那種攻擊都會有預備動作，能讓我抓到對方攻擊的時機。
既然如此，那我應該也能跟剛才一樣，躲到攻擊範圍之外。
總之，我一邊逃離老媽，一邊火速建構長距離轉移魔法。
不同於短距離轉移，長距離轉移魔法需要準備時間。
就連擁有魔導的極致的我，都需要花上幾分鐘時間做準備。
此外，因為必須建構複雜的術式，所以這段期間會沒辦法使用其他魔法。
因此這種魔法沒辦法在戰鬥時經常使用。

但這是最適合拿來逃命的魔法了。

因為只要是曾經去過的地方，不管距離多遠，都能在一瞬間轉移過去。

一旦魔法建構完畢，我就要回到艾爾羅大迷宮，甩掉老媽。

事情發展到這個地步，待在視野良好的外界反而危險。

藏身在結構複雜的艾爾羅大迷宮裡面，躲在老媽進不去的狹窄通道應該就安全了吧。

在完成轉移的準備工作之前的幾分鐘，我會設法撐過去的。

我感覺到身後的老媽以驚人的速度追了上來。

太快了吧！

為什麼身體那麼大的傢伙可以用那種速度移動！

我斜眼看向後方。

老媽光是移動，似乎就引起重大的災害了。

老媽踩過的地面都以地層為單位掀了起來，經過的地方則像是龍捲風經過一樣，只留下悽慘的光景。

老媽光是經過就能造成強大的風壓，把前進方向上的一切事物全都吹散開來。

雖然怪獸電影裡也有怪獸在移動時撞倒大樓，摧毀街道的場景，但還比不上我眼前的這副光景。

老媽本人已經變成破壞的化身了。

牠只是認真奔跑，就能引起重大災難。

這可不是開玩笑！

光是被那種怪物撞上，我嬌小的身軀就會被碎屍萬段！

不過，現在就害怕還太早了。

總覺得老媽的嘴巴好像開始凝聚力量，準備發射吐息。

就在迅速衝向我的同時。

喂，給我等一下。

那種吐息是可以邊跑邊發射的東西嗎？

照理來說，那種超級必殺技，不是應該停下腳步才能開始集氣或是發射嗎？

這樣太卑鄙了吧！

我趕緊橫向衝刺。

避開吐息可能射過來的直線範圍。

不過未來視發動效果，讓我看見可怕的光景。

糟糕！

我放棄橫向移動，利用空間機動衝向空中。

下一瞬間，老媽跳了起來。

牠跳向前方，在空中噴出吐息。

而且是橫掃吐出。

橫掃的吐息把廣範圍的地面轟個稀爛。

逃到空中的我也被餘波直接掃中，一邊在空中翻滾，一邊被轟飛出去。

這樣已經算是不錯了。

要是繼續待在地上，我早就被吐息直接擊中。

相較之下，ＨＰ減少三成根本不算什麼！

光是餘波就能對我造成這麼大的傷害，要是被打個正著，可是會屍骨無存！

我好不容易才在空中恢復平衡，就這樣繼續逃亡。

就連跳回地面的時間都不願浪費。

而且地面已經被轟爛，就算我想下去也沒辦法。

這還是衰弱狀態下的一擊。要是老媽在萬全狀態下使出全力的吐息攻擊，天曉得會有多麼可怕的威力。

我看向身後的老媽。

老媽無視於崩壞的地面，在漫天沙塵之中著地。

地面似乎在牠著地的同時猛烈搖晃，但這應該不是我的錯覺吧。

然後牠無視於著地時的衝擊，就這樣朝我衝了過來。

牠衝破沙塵颯爽登場的身影，讓我不由得覺得有點帥氣。

這真的很像是怪獸電影中的場景。

雖然恐懼的感覺還要更為強烈就是了。

居然能讓那麼巨大的身軀在跳躍著地的同時直接衝刺，這種行動力也未免太扯了吧？

這可不是電影中的ＣＧ動畫，而是在現實中逼近眼前的恐懼。

為什麼這種連好萊塢都會瞠目結舌的情節會發生在我身上啊！

比起剛開始時，敵我雙方的距離已經縮短了一半。

換句話說，只要剩下的那一半差距消失，我就會被追上。

我應該能勉強在那之前完成發動轉移魔法的準備。

只要別掉以輕心，我就能夠得救！

現在還不能鬆懈。

老媽邊跑邊發動魔法。

我也一樣邊跑邊準備魔法，所以沒資格跟牠剛才使出吐息時一樣抱怨。

雖然沒資格抱怨，但這真是太過分了！

從魔法的結構看來，老媽施展的魔法是黑暗魔法中的黑暗彈。

在黑暗魔法之中，那是威力不強的簡單魔法。

這倒是還好。

可是那種數量和飛行距離一點都不尋常。

只要飛得越遠，魔法的威力就會逐漸衰減。
如果想要對位於幾公里外的我造成傷害，就得消耗更多的ＭＰ。
還得擁有能辦到這種事的魔法技術。
如果是老媽，就算能辦到這種事也不奇怪。
雖然不奇怪，但發出跟傾盆大雨一樣多的黑暗彈也未免太扯了吧！
在傾瀉而下的魔法暴雨之中，我一邊左閃右躲，一邊衝向前方。
前進的速度因此減慢，讓我跟老媽之間的距離慢慢縮短。
我在一瞬間考慮放棄閃躲，一邊承受魔法攻擊一邊前進。
畢竟我的魔法防禦力很強，還擁有龍力的魔法妨礙效果。
就算被直接擊中，應該也不會受到太大的傷害。
但問題不在於傷害，而在於受到攻擊時損失的時間。
因為是攻擊，承受時當然會受到傷害，也會受到衝擊。
要是那些衝擊讓我的速度減慢的話，該怎麼辦？
更何況，要是我因為衝擊而失去平衡摔倒在地，一切就結束了。
為了排除不確定因素，果然還是繼續閃躲最好。
我認為這個判斷是對的。
雖然這麼認為，但我搞錯前提了。

我以為這些魔法攻擊的目的是妨礙我逃亡。

可是我錯了。

這些魔法攻擊其實是障眼法。

當我發現時，已經太遲了。

老媽的嘴巴正準備施展第三次的吐息攻擊。

我還來不及閃躲，吐息就已經從牠口中噴出。

進逼而來的破壞奔流吞沒我的身體。

轉移魔法正好在前一刻完成。

我立刻發動轉移魔法，在千鈞一髮之際逃回艾爾羅大迷宮。

我得救了。

如果再晚個零點一秒發動轉移，我就會沒命。

畢竟身體有四分之一都消失了。

我失去兩條後腿，身體也消失一大塊。

之所以這樣還能活命，不曉得是多虧了蜘蛛的生命力，還是多虧了超高的能力值。

總之，我不能放著傷勢不管。

我得立刻用治療魔法療傷才行。

腦海閃過這個念頭的下一瞬間，我重新確認周圍的狀況。

這裡就位於中層和上層之間。
我把自己轉移到這個早就築好巢的地方。
但這個地方已經被事先埋伏好的蜘蛛大軍占據了。

S3 攻略艾爾羅大迷宮

在某個不知名的地方。

有一個寬廣的空間。

那裡有一位女性。

女性只剩下殘缺的上半身，大半身體都像是融入空間一樣消失無蹤。

那副模樣實在太過悽慘。

而且她的嘴巴還跟機械一樣不斷呢喃。

『熟練度達到一定程度。』

『經驗值達到一定程度。』

『熟練度達到一定程度。』

……

『好痛苦。』

我從睡夢中驚醒。
連忙確認周圍的狀況。
油燈發出微弱的光芒。
被照亮的牆壁是天然的岩石，地面也硬到就連躺在睡袋上都能感覺得出來。
艾爾羅大迷宮上層。
我想起自己身處的場所，以及目前的狀況。
對了……為了前往另一塊大陸，我們來到了這座艾爾羅大迷宮。
今天是進到迷宮的第二天。
現在是晚上，而我們正輪流站崗睡覺。
雖然在剛開始攻略迷宮時發生被水龍襲擊的意外，但在巴斯卡先生的帶領下，之後的旅程一直都很順利。
跟魔物之間的戰鬥，目前也都還應付得過來。
雖然這個艾爾羅大迷宮上層有很多種身上有毒的魔物，照理來說會讓人因此陷入苦戰，但我們幾乎所有人都能靠著治療魔法解毒。
不光是這樣，能力值本來就高的我們，都是在幾乎沒被魔物擊中的情況下結束戰鬥。

擔任前衛的哈林斯先生巧妙地引誘魔物，讓敵人的攻擊集中在他身上保護大家，是讓我們免於受傷的最大功臣。

拜此所賜，我們一路上都不曾陷入苦戰。

目前也還沒人得到讓我們一度擔憂的迷宮病。

在迷宮裡完全曬不到陽光，對時間的感覺也會變得奇怪，還得過著畏懼不知何時會來襲的魔物的生活。

因此，很多人會因為生活節奏的變化和精神上的影響而搞垮身體。

這些狀況就統稱為迷宮病。

老實說，在進到迷宮的第一天，我也有點受不了。

雖然迷宮裡不熱不冷，但有種閉塞感，讓人覺得空氣沉重。

如果沒有巴斯卡先生手中火把的光芒，就連眼前都是看不見的黑暗。

從光線照不到的地方突然襲擊過來的魔物。

在這種必須隨時保持緊張的環境下，光是走路都會比平時還要來得累。

想到必須連續好幾天待在這種地方，就算會垂頭喪氣也是無可奈何。

我們必須趕在由古之前，先一步抵達妖精之里。

只要想到這點，我就想盡快走出迷宮，但操之過急在這個大迷宮裡是很要命的事情。

如果不能懷有一顆從容的心，以不勉強自己的步調前進，很快就會成為迷宮病的受害者。

早在第一天的旅途中，巴斯卡先生就這麼告訴我們了。

幸好，只要我們能照著計畫順利穿越迷宮，絕對能比由古的軍隊更快抵達妖精之里。

焦急是大忌。

我擦掉身上的汗水。

剛才的夢到底是怎麼回事？

「你還好吧？」

老師從旁邊探頭看向我。

我們是以兩人為一組輪流站崗。

現在負責站崗的人是老師和巴斯卡先生。

她似乎看到作惡夢的我突然驚醒，才會出於擔心，如此詢問。

「我沒事。只是作了個不好的夢。」

我笑著帶過問題。

因為事實就是如此。

「那還真不吉利。」

我試圖輕輕帶過問題的話語，引起了巴斯卡先生的興趣。

「不吉利？」

「是啊。你聽說過迷宮惡夢嗎？」

「不，沒聽說過。」

即使是大嗓門的巴斯卡先生，在大家都在睡覺的狀況下也會壓低音量。

這樣的音量就像是在說鬼故事，醞釀出陰鬱的氣氛。

「我聽說過。我記得那是指在十多年前，突然出現在迷宮裡的神話級魔物對吧？」老師如此回答。

「妳知道得真清楚。那是很久以前的事情了，我還以為像妳這種歲數的孩子不會知道。」

「確實如此。我也是偶然聽說的。」

神話級魔物——

據說那是人類不可能對付得來的危險度超S級魔物。

「惡夢跟女王一樣，是艾爾羅大迷宮裡的活生生災厄。在迷宮裡作惡夢，說不定就是遇到迷宮惡夢的前兆喔。」

「可是，我記得那隻魔物不是已經死掉了嗎？」

「世間確實有這樣的傳聞。」

「傳聞？」

「是啊。雖然世人都說那傢伙已經死去，但我實在無法相信。那種怪物怎麼可能這麼容易就掛掉。牠肯定還活在某個地方，虎視眈眈地等待獵物上門。至少我是這麼認為。」

「說得像是你親眼看過那傢伙似的。」

「沒錯。實不相瞞，第一個發現惡夢的人就是我。」

巴斯卡先生不知為何挺起胸膛。

嗯……這應該算是能引以為傲的事情……吧？

「當時發生了魔物大量湧出的異常事件。為了查明原因並且消滅魔物，一支騎士團被派遣過來，而我正是那個負責引路的人。結果事件的起因就是惡夢把附近的魔物都趕跑了。我們也不知道真相，就這樣傻傻地跑進惡夢的地盤。我至今依然忘不了當時的事情。當我跟那傢伙對上視線時，真的以為自己死定了。」

巴斯卡先生似乎想起當時的經歷，身體不自覺顫抖了一下。

「真虧你有辦法活著回來。」

「這就是重點了。惡夢有著奇特的習性，也可以說是特徵吧。只要別主動攻擊牠，牠就不會加害人類。不但如此，牠有時候還會幫人療傷。」

「什麼？」

「難以置信對吧？在那之後組成的討伐隊似乎不小心惹火牠，被牠二話不說全部殺掉，結果牠後來又引發不得了的大事件。不過，牠有時候也會一時興起幫助人類，是一隻行動讓人摸不著頭緒的神祕魔物。」

怎麼會有這種莫名其妙的魔物？

那傢伙真的是魔物嗎？

「不過，關於惡夢那傢伙，只有一件事是肯定的，那就是那傢伙強得非比尋常。雖然在之前的戰鬥中，我已經見識到你的實力，但我只能說一山還有一山高。這個世界上存在著無論如何都敵不過的怪物，你最好把這件事牢記在心。」

巴斯卡先生這番話讓我想起蘇菲亞和羅南特老先生。

我完全敵不過那兩人。

「嗯，我知道。我知道人外有人。」

我握緊拳頭。

如果繼續與由古為敵，我將來或許還會跟那兩人戰鬥。

到時候，我能戰勝那兩人嗎？

不，我非贏不可。

為了保護整個人族，我不能放著為世界帶來混亂的由古不管。

為此，我非得戰勝那兩人不可。

「看來你也有些苦衷，但可別把自己逼得太緊了。人都有辦得到與辦不到的事。就算勉強去做自己辦不到的事，辦不到的事還是辦不到。你只要盡己所能就行了。」

雖然巴斯卡先生這麼勸我，但只有這點我沒辦法聽他的。

「儘管如此，我還是得放手一搏。」

如果因為辦不到就選擇逃避，那不管過了多久也還是辦不到。

我就承認自己的無力吧。

就憑現在的我，八成打不贏蘇菲亞和羅南特老先生。

不過，我非贏不可。

我會想辦法讓自己能夠打贏。

更何況，我並不是非得獨自一人辦到這件事。

因為我還有可靠的同伴。

「這樣啊……算了，你就在別送命的範圍內好好努力吧。」

「我會的。」

「那就好。因為勉強去做自己辦不到的事而送命的人太多了。人類這種生物會因為一點小事就輕易死掉。努力過頭害死自己，不就本末倒置了嗎？」

出乎意料認真的巴斯卡先生的忠告，讓我感到有些意外。

巴斯卡先生肯定見過不少這樣的人吧。

「小子，為了守護某種事物而戰，確實是很了不起的事情。不過在面對打不贏的對手時選擇逃跑，也不是什麼可恥的事情。要是死掉的話，就沒辦法再次挑戰了吧？如果沒辦法在當下戰勝敵人，只要趕快逃跑，重新提升實力，然後再次挑戰就行了。雖然世界上也有那種不管如何努力都打不贏的怪物就是了。」

他是大半輩子都待在迷宮這種嚴苛環境下的領路人。

而且直到白髮蒼蒼也還在挑戰迷宮。

他肯定經歷過我們無法想像的事情。

「那萬一遇到不允許逃跑的情況呢？」

我有些在意地這麼問。

我們即將面對的戰鬥，是絕對不允許逃跑的戰鬥。

因為人族的命運，說不定就賭在這場戰鬥上了。

如果我們在這一役中戰敗，世界恐怕會被由古導向更加混亂的局面。

正因為如此，我們輸不得也逃不了。

「什麼？別管那麼多，直接逃跑不就得了嗎？想要活命有什麼不對？要是有人敢對此加以責備，就叫他自己去打吧。」

儘管如此，巴斯卡先生還是給我這樣的回答。

「我剛才也說過了吧，辦不到的事就是辦不到。一個人的力量是有限的。儘管如此卻認為自己無所不能，反而是一種傲慢。自以為是也該有個限度吧？」

不光是我，聽到巴斯卡先生辛辣的話語，就連老師都愣住了。

「當然，我也不認為放棄責任是好事。正因為如此，我才會以迷宮領路人的身分賭上這條命，保護客人的安全。雖然每個人都有自己的本分，但要是背負了超過自己本分的責任，那把逃跑當作一種選擇也不是壞事。你們是否背負起不必背負的責任了呢？」

我一時之間無法回答這個問題。

責任。

因為我是勇者。

因為我跟由古一樣是轉生者。

我能用這樣的理由說服自己。

不過，即使自問我有沒有非做這件事不可的責任，我也得不到答案。

「不過，如果你有即使超出自己的本分也想完成的事情，那我這個旁人也沒資格說三道四。你只要遵循自己的信念，勇往直前就行了。結果最重要的還是自己的想法。」

自己的想法嗎？

那還用說。

我早就決定要繼承尤利烏斯大哥的遺志。

然後，如果是尤利烏斯大哥的話，絕對不會選擇逃跑。

如果是那位真心祈求世界和平，身為勇者中的勇者的大哥的話……

「感謝您的忠告。可是，我果然還是沒辦法逃跑。因為我是勇者。」

我斬釘截鐵地如此宣言。

雖然蘇菲亞和羅南特老先生是強敵，但我不能在這種地方裹足不前。

因為擊敗由古之後，還得跟魔族一戰。

其中還有擊敗尤利烏斯大哥的那位白色少女。

那位少女輕易葬送了大哥，是貨真價實的怪物。

我遲早得跟那樣的敵人決一死戰。

在達成這個目標之前，我不能停下腳步。

更別說是逃跑了。

「謝謝您的關心。不過，那是我真心想做的事。」

「這樣啊……那我就不多說什麼了。加油吧。」

我低頭道謝，肩膀被巴斯卡先生使勁拍了兩下。

還挺痛的。

「真心想做的事……說得對。嗯，我不後悔。」

巴斯卡先生毫不客氣的拍打，害我沒聽到老師小聲呢喃的話語。

進到迷宮的第五天。

我們已經走過半個迷宮。

這是因為我們的人數不多，而且所有人的能力值都很高，能夠用相當快的步調沿著最短的路徑前進。

雖然有些擔心迷宮病的問題，但身為老練領路人的巴斯卡先生有好好地掌控步調，讓我們一

路上都不至於太過勉強自己。

途中，我原本還擔心帝國兵可能會在迷宮裡埋伏，但巴斯卡先生說那是不可能的事情。因為帝國對迷宮心存畏懼。更重要的是，在迷宮裡埋伏不但缺乏效率，而且還很危險。在結構複雜的迷宮裡埋伏不知道會走哪條路的敵人，根本就不可能成功。

因為這個緣故，我們在迷宮裡的敵人就只有魔物了。

而這些魔物目前還算不上是太大的威脅。

哈林斯先生擔任前衛，我、卡迪雅和菲都能兼任前衛與後衛，而後衛則是老師。

巴斯卡先生只是領路人，沒有積極參加戰鬥，但他偶爾參戰時展現出的實力，即使跟這些成員相比也毫不遜色。

雖然是臨時組成的隊伍，但運作起來還算順利。

只有一個人例外。

「停。差不多該休息一下了。」

巴斯卡先生的喊聲讓大家停下腳步。

巴斯卡先生迅速檢查周圍是否安全，還把行李拿出來，讓我們能夠休息。

在各自開始休息的眾人之中，只有安娜一邊大口喘氣，一邊癱坐在地。

「真的很抱歉……」

然後用幾乎聽不見的音量向我道歉。

我默默搖了搖頭，溫柔地輕拍安娜的肩膀。

安娜是出色的魔法師。

但比起聚集在此的成員，實力無論如何都會顯得較差。

而且她的能力值偏向魔法系角色，肉體能力無可避免地較為低落。

如果不像這樣頻繁休息，憑安娜的體力，絕對無法跟上我們的移動速度。

由於老師也是成長速度較慢的妖精，所以物理系的能力值偏低，但她能夠用大量魔力強化肉體。

雖然外表看起來像是小孩子，但也能夠打肉搏戰。

不曉得這是因為純種妖精和半妖精有所不同，還是因為老師比較特別？

我想答案八成是後者。安娜見識到雙方實力的巨大差距，體力和精神都快要撐不下去了。

原本就將要被逼入絕境，現在還得承受扯大家後腿的巨大壓力，似乎讓她精神上的負擔變得更加沉重。

我能從她身上看到迷宮病的徵兆。

放著不管的話，說不定會有危險。

雖然巴斯卡先生顧慮到安娜的身體狀況，特地配合她調整步調，但安娜一直在勉強自己配合我們。

或許我根本不該帶她過來。

不過，就算當初讓她留守，我果然還是會放心不下。
不管怎麼選擇都不是正確答案。
既然如此，那同意讓安娜跟來的我，就必須負起責任照顧她。
也許大家都明白我的想法，所以沒有多說什麼。
巴斯卡先生不明白這些狀況，但他是不會挑選客人的專業領路人。
即使客人的腳程較慢，也不會因此抱怨。
只不過，只有卡迪雅似乎有些不滿。
也許我之後該偷偷找機會跟她談談。
「好啦，我們已經走過半個迷宮，來決定接下來要走的路線吧。」
巴斯卡先生對我這麼說。
這讓我暫時放下安娜的事情。
「前面有幾條路線。危險的最短路線、安全的迂迴路線，以及不確定有沒有危險但有些問題的路線。大致上就是這樣了，你要選哪條路線？」
「我想想……危險的最短路線到底是哪裡有危險？」
「艾爾羅大迷宮上層的通道有兩種。一種是我們目前所在的狹窄通道，而另一種則是所謂的大通道。」
說到這裡，巴斯卡先生暫時中斷話語，將飲料遞給我。

我滿懷謝意地收下。

「一如字面上的意思，所謂的大通道，就是比我們目前所在的正常通道還要寬廣的通道。那已經不是通道，根本就是廣場了。而那種不斷延伸的廣場就是大通道。雖然這種大通道就是我剛才所說的最短路徑，但大通道裡有著一般通道無法相提並論的強力魔物。那裡是充滿C級魔物，偶爾還會出現A級魔物的危險地帶。」

A級魔物——

那是必須派遣軍隊才能處理的等級。

一般來說，擊敗B級魔物已經是小型隊伍的極限了。

人類的能力值比不上魔物。

為了與魔物對抗就必須磨練技能、召集同伴、絞盡腦汁聯手戰鬥。

只有這樣，才能戰勝能力值較強的魔物。

不過，這也僅限於B級以下的魔物。

A級魔物的實力與其他魔物天差地別。

超高能力值當然是自不待言，就連技能都變得相當優秀。

甚至足以跟人類唯一占優勢的技能並駕齊驅。

其中還存在著擁有魔物特有的特殊技能的個體，而這種魔物絕大多數都很難纏。

最具代表性的A級魔物就是上位竜種。

過去曾經襲擊學校的菲的父母就是上位竜種。

雖然菲在分類也屬於上位竜種，但因為身為轉生者，她的實力應該足以匹敵龍種吧。

要是在陸地上戰鬥，菲說不定能打贏我們之前遇到的水龍。

「那安全的迂迴路線和最短路線的行程時間相差多少？」

「我想想……考慮到我們至今為止的步調，大概是四天吧。」

沒想到會差這麼多。

看來需要繞上一大段路。

「那最後一條路線呢？」

「呃……這個嘛……」

巴斯卡先生不知為何含糊其辭。

我等了一下後，他才難為情地搔搔頭說：

「我就坦白說了吧。我不想走那條路線。」

「這也未免太坦白了吧。其中有什麼理由嗎？」

「因為惡夢。」

「什麼？」

「那裡曾經是惡夢的地盤，所以領路人都不願接近那條路線。因為太不吉利了。尤其我還親眼見過那傢伙。我想盡量遠離那個地方，這才是我的真心話。」

惡夢——

巴斯卡先生之前提到過的神話級魔物啊……

可是，那傢伙不是已經不在了嗎？

「我順便問一下，走那條路線會比較快嗎？」

「大概會比最短路線慢一點吧。走最短路線應該會稍微快一點，差距應該是一天左右。」

危險的最短路線、安全的迂迴路線，以及狀況不明的路線。

「惡夢已經不在了，對吧？」

「沒錯，惡夢的本體已經不在了。」

「本體？」

巴斯卡先生奇妙的回答，讓我不由得歪頭。

這種說法，就像是還有不是惡夢的某種東西存在一樣。

「我們都稱呼那些傢伙為惡夢殘渣。」

「惡夢殘渣？」

「對。那是一種外表跟惡夢很像的魔物。雖然那種魔物現在會出現在上層的許多地區，但牠們的主要棲息地還是在那條路線上。」

「那種魔物很強嗎？」

「很強，而且很難纏。」

連巴斯卡先生都覺得很強很難纏的魔物。

如果可以，我還真不想遇到那種傢伙。

「但那種魔物也有著跟惡夢一樣的習性。只要不主動危害牠們，牠們也不會襲擊人類。因此，萬一遇到惡夢殘渣，最好的應對之道就是什麼都不做，等待對方離開。」

「有這種事……？」

我傻眼地說。

擁有這種奇怪習性的魔物，還能算是魔物嗎？

所謂的魔物，不就應該看到人類便二話不說地發動攻擊嗎？

「只不過，那種魔物會到處布置肉眼看不見的絲線，一旦有人弄斷那些絲線，就會發動攻擊。」

「絲線？」

「沒錯。對了，我還沒告訴你吧。惡夢是蜘蛛型魔物，惡夢殘渣也是。」

原來是蜘蛛啊……

「看不見的絲……而且還擁有一旦被纏住就無法輕易掙脫的超強黏性與韌性。明明光是這樣就夠難纏了，本體居然還一樣強大，那種魔物根本強得毫無道理。雖然看到蛛網就先燒掉在以前是種常識，但自從惡夢殘渣出現之後，就變成看到蛛網就先逃命了。那是上層最難對付的魔物。」

這種魔物聽起來還真是難纏。

不但會使用蜘蛛絲設下陷阱，就連本體都很強。

簡直就像是跟人類一樣狡猾的魔物。

「看來別走那條路線會比較好。」

默默聽著我和巴斯卡先生討論的哈林斯先生插嘴說道：

「我以前曾經跟尤利烏斯他們一起去討伐惡夢殘渣。雖然當時勉強打贏了，但贏得相當驚險。還是盡可能避開那種魔物吧。」

就連尤利烏斯大哥他們都陷入苦戰的敵人啊……

如果可以，我還真是不想遇到。

這麼一來就只能放棄這條路線了。

剩下的，就只有最短路線和迂迴路線。

「各位，你們覺得我們應該走危險的最短路線，還是安全的迂迴路線？我想聽聽大家的意見。」

我向正在休息的其他同伴徵求意見。

就心情上來說，我想走最短路線。

雖說時間還很充裕，但能夠早點抵達妖精之里還是比較好。

但是安娜現在都快要撐不下去，繼續增加她的負擔好嗎？我沒辦法輕易做出判斷。

「我覺得應該走最短路線。」

老師如此回答。

在之前的旅途中，我已經見識到老師的實力。

老實說，她那曾經徹底擊潰由古的實力，遠遠超出我的預期。

光就魔法能力而言，她說不定比我還要厲害。

卡迪雅似乎也贊成老師的意見。

「但這不是很危險嗎？如果同時出現好幾隻A級魔物，就算是我們也很難對付。」

「啊，A級魔物基本上不會成群結隊地行動，所以這點大可放心。即使遇到A級魔物，也只需要對付一隻。」

「那倒還有辦法對付。」

巴斯卡先生的話讓卡迪雅充滿自信地如此宣言。

因為我們從小就一起長大，所以我很了解卡迪雅。

也知道那股自信是建立在貨真價實的實力之上。

「嗯……我也覺得應該走最短路徑。只是魔物的話，總是會有辦法對付。」

菲也選擇最短路徑。

雖然菲的意見聽起來有些太過樂觀，但她確實擁有能夠說這種話的實力。

在這些成員之中，實力最強的人就是她了。

「儘管如此，我還是認為不應該冒險。」

哈林斯先生選擇安全的迂迴路線。

比起妖精之里，他應該更重視我們的安全吧。

這樣就是三比一了。

巴斯卡先生選擇中立，剩下的就只有我跟安娜。

雖然已經有過半數的人選擇最短路線，但我還是想聽聽安娜的意見。

「安娜，妳覺得我們應該走哪條路線？」

「您不需要在意我這種人的意見。」

「那可不行。因為妳也是同伴。不用客氣，直接說出自己的意見吧。」

我用稍微強硬的口氣這麼告訴安娜。

安娜露出有些惶恐的反應，稍微思考了一下後才下定決心。

「我們走最短路線吧。」

「可以嗎？」

言下之意就是：「妳跟得上嗎？沒問題嗎？」

「是的。」

她回給我的是強而有力的肯定。

那我也無話可說了。

「我們走最短路線吧。」

即使明知危險，我們還是決定勇往直前。

4 死中求活

我還以為自己已經轉移逃到安全地帶，沒想到那裡也有伏兵。

這也在老媽的計畫之中吧。

蜘蛛軍團在這個時間點碰巧來到我家所在的位置，這種跟被隕石砸到腦袋一樣倒楣至極的事情根本不可能發生。

不可能發生……吧？

想到我之前倒楣的程度，就讓人無法如此斷言，這才是最可怕的地方。

話雖如此，按照常理來推測，老媽應該是猜到我會轉移到這裡，才會事先讓部下在這裡埋伏。

我可能有點小看老媽了。

不是實力，而是智商。

憑老媽龐大的身軀，不管牠再怎麼努力，都不可能在艾爾羅大迷宮的狹窄通道裡跟我玩捉迷藏。

既然如此，那牠只要等我離開迷宮就行了。

老媽肯定早就看穿我的行動。

若非如此，事情不可能完全照著牠的計畫進行。

為了追殺逃到外面的我，牠親自離開迷宮。

如果能直接解決掉我當然最好。

萬一我選擇逃跑，在速度上處於劣勢的我唯一有機會成功逃掉的方法，就只有長距離轉移。

然後，我會轉移回去的地方就是這座艾爾羅大迷宮。

而我在情急之下最有可能逃回的地方，就是我家。

只要在這裡配置戰力，就能襲擊轉移結束後毫無防備的我。

現在的狀況就是如此。

之前靠著轉移殺掉超級蜘蛛怪的我，現在反過來因為轉移落入陷阱。

我被擺了一道。

超級蜘蛛怪的利牙迅速逼近，我來不及閃躲，就這樣被直接咬中。

這一方面是因為我在轉移結束後放鬆戒心，一方面是因為下一瞬間馬上看到自己被蜘蛛軍團包圍這種難以置信的光景害我愣住，一方面是因為被老媽打傷讓反應變得遲鈍。

這些因素加在一起，讓我無法閃躲。

超級蜘蛛怪巨大的利牙刺進我嬌小的身軀。

沒有貫穿。

別看我這樣，我的物理防禦力可是超過兩千。

雖然我沒有發動鑑定，不清楚正在咬我的這隻超級蜘蛛怪的能力值，但如果跟之前打過的那隻差不多，攻擊力應該超過四千吧。

雖然還要加上氣鬪法和魔鬪法之類的強化效果，但那些技能的等級八成是我比較高。

所以才沒造成牙齒貫穿身體把我咬碎，這種最糟糕的結果。

雖然沒這麼慘，但我還是受到重傷。

我原本就已經被老媽傷得不輕，現在又受到這種重傷。

要是沒有痛覺大減輕這個技能，我就算痛到昏過去也不奇怪。

而且我很清楚有某種東西透過敵人的牙齒流進體內。

既然我有這項武器，這傢伙當然也會有。

毒攻擊，而且還是猛毒。

即使我擁有抗性，只要不是無效，就不能掉以輕心。

如果不能立刻逃離這根利牙，我遲早會無法抵擋流進體內的毒，最後被毒死。

不過在此之前，我可能就會因為這樣的傷勢而死。

這個從未經歷過的重大危機反倒讓我冷靜下來，以最快的速度發動魔法。

我發動的是土魔法。

從地面刺出的土槍直接命中超級蜘蛛怪的頭。

我並不期待這一擊造成多大的傷害。

只期待這一擊能讓咬住我的下顎鬆開。

我期待的事情成真了。超級蜘蛛怪因為魔法造成的衝擊而失去平衡，在一瞬間鬆開嘴巴。

我沒有放過那一瞬間的機會，繼續用魔法轟在超級蜘蛛怪臉上，成功逃離利牙。

雖然我不期待能造成太大的傷害，但削弱超級蜘蛛怪的效果似乎比我想像中還要好。

仔細想想，超級蜘蛛怪沒有能夠妨礙魔法的龍鱗系技能。

正是因為擁有那個技能，我的一擊才沒辦法對龍造成太大的傷害。如果沒有那個技能，即使是有著不遜於龍種能力值的超級蜘蛛怪，也會被我重創。

話雖如此，那也是單就防禦面而言。

就攻擊面來說，超級蜘蛛怪擁有不遜於亞拉巴的能力值和技能。

即使沒有老媽那種足以引發天地異變的實力，也擁有跟亞拉巴一樣足以讓迷宮的一角變貌的實力。

在場一共有五位敵人擁有那樣的實力。

這陣容是不是太豪華了點？

這表示老媽有多麼認真地想要殺了我。

而我不得不說，牠的計畫到目前為止還算順利。

我被老媽的吐息轟掉身體的一部分，被超級蜘蛛怪的利牙刺入身體，還被毒素侵蝕。

傷勢嚴重的程度，連我都覺得自己還活著真是不可思議。

這都是多虧了忍耐這個技能。

我的ＨＰ早就歸零了。

不過，忍耐這個技能可以用ＭＰ來代替ＨＰ。

在耗盡ＭＰ的瞬間，我就會死掉。

拜魔導的極致所賜，就算ＭＰ減少了也會慢慢恢復，所以我沒這麼容易死掉。

但這不代表我受到的傷會立刻痊癒。

忍耐頂多只是能夠把ＭＰ當成是ＨＰ的延命措施。

如果就這樣受到會讓身體無法動彈的重傷，超級蜘蛛怪們對我造成的傷害應該就會大於ＭＰ的恢復速度。

我可能會被敵人單方面暴打。

或是被啃食身體。

就算是效果驚人的忍耐，一旦持有者失去身體，應該也無法發揮效果了吧。

我已經快要被逼入這樣的絕境。

而且我還來不及思考該如何扳回局面，五隻超級蜘蛛怪就同時向我發動攻擊。

已經顧不了那麼多了。

我避開來襲的超級蜘蛛怪，狼狽地到處逃竄。

地面爬滿不斷蠢動的無數蜘蛛，我只能靠著空間機動在空中奔跑。

因為少了幾條腿，我無法拿出平常的速度。

我一邊為此感到焦躁，一邊用蜘蛛絲迎擊飛過來的無數蜘蛛絲。

逃亡的目的地是中層。

雖然我也害怕那個地方，但蜘蛛軍團應該比我更加害怕。

對於沒有火抗性的蜘蛛來說，炎熱的中層是很難忍受的環境。

雖然上級蜘蛛怪和超級蜘蛛怪應該有辦法忍受，但其他傢伙光是待在裡面都會喪命。

也許是看穿我的行動，那傢伙就站在通往中層入口的地方。

那傢伙看起來就像是人偶。

不，那傢伙根本就是人偶。

面無表情的頭部。

有著球體關節的人工身體。

外表就像是百貨公司裡陳列的人體模型。

在這個迷宮裡，看起來像是人造物體的那傢伙顯得格格不入。

但只要明白那傢伙的真實身分，就不會覺得這麼格格不入了。

人偶內部躲著小型蜘蛛，而且裡面滿滿都是蜘蛛絲。我用鑑定看穿了這個事實。

我還知道身為人偶核心的那隻蜘蛛是所有能力值都超過一萬的怪物。

操偶蜘蛛怪——這是鑑定結果上顯示的名稱。

我可不知道有這種蜘蛛怪。

在睿智顯示的進化樹中也找不到這種名稱的魔物。

直覺告訴我，這種未知的魔物是老媽的王牌之一。

貌似人類的人偶舉起手中的劍。

數量一共是六把。

雖然外表跟人類很像，但那傢伙有六隻手。

加上雙腳的話就是八隻手腳，正好符合蜘蛛原本的手腳數量。

就在我想著這種無聊事情的時候，六把劍朝我揮了過來。

我來不及閃躲，兩隻前腳都被砍斷。

明明是魔物還拿什麼武器啊！我好想這麼大吼。

雖然不曉得是從人類手中奪來還是自己打造，但使用武器根本就犯規吧！

只有一把的話倒是還好，但要是六把劍同時揮過來，我不可能全部閃過。

我以前很少在速度上居於下風。

頂多只有剛才的老媽、初次遭遇時的地龍亞拉巴，還有火龍連多能贏過我。

引以為豪的速度加上思考超加速和未來視的組合技，賜予我超強的閃躲能力。

不過，這兩大王牌之一的速度輸給敵人了。

不管是思考超加速還是未來視，都只能在事前告訴我該如何閃躲會比較好，實際進行閃躲時還是必須移動身體。

如果敵人用我的身體跟不上的速度發動攻擊，我也不可能躲得過。

雖然我在情急之下成功用魔法轟開人形蜘蛛的身體，但情況不但完全沒有好轉，反而還惡化了。

前方有人偶蜘蛛，後方有五隻超級蜘蛛怪。

而且我的腳斷了四隻，行動能力大幅下滑，身體傷痕累累。

就連對決亞拉巴的時候，死亡都不曾離我這麼近。

我不想死。

我不想死。

我不想死！

我才不會放棄！

直到嚥下最後一口氣的瞬間，我都要掙扎求生！

就算得死在這裡，我也要盡可能拉更多敵人陪葬！

在開始自暴自棄的同時，為了牽制敵人，我胡亂發射魔法。

因為重點在於數量，所以魔法的威力不是很強。

然而對於沒有龍鱗系技能的蜘蛛而言，就算是這種程度的魔法也會受到傷害。

就算這樣的傷害微不足道，對方應該也不會想要衝過來挨打。
如我所料，人偶蜘蛛和超級蜘蛛怪都停下腳步進行防禦。
人偶蜘蛛和超級蜘蛛怪忙著用劍與魔法擊落我射出的魔法。
但其他那些連我的最低級魔法都抵擋不住的蜘蛛就只能直接承受攻擊，數量也不斷減少。
哦？
雖然我是自暴自棄亂打一通，沒想到效果還不錯耶。
在優先牽制人偶蜘蛛和超級蜘蛛怪的同時，我不斷找機會狙擊其他蜘蛛。
盡可能瞄準那些經驗值看起來很多的成年體蜘蛛。
反正幼年體蜘蛛光是被攻擊的餘波掃到就會死掉。
我還順便把無法期待效果的靜止的邪眼切換成咒怨的邪眼。
我只保留一個用來發動未來視的眼睛，其他眼睛全都拿來發動咒怨的邪眼，從敵人身上吸取MP和其他能力值。
然後把因此恢復的MP全都用來製造新的彈幕。
雖然其中一隻感到不耐煩的超級蜘蛛怪無視傷害衝了過來，但我沒有勉強迎擊，只有拉開雙方的距離。
靠我一個人，果然還是沒辦法在製造彈幕的同時準備其他魔法。
即使能夠稍微牽制一下，還是沒辦法阻擋認真攻擊的超級蜘蛛怪。

其他幾隻超級蜘蛛怪也發現這件事，頂著我的攻擊硬衝過來。

爭取到的時間沒有想像中多。

如果我體內還留有一個平行意識，戰況就會大為不同，但沒有的東西就是沒有，這也是無可奈何的事。

孤立無援。

我只能獨自突破這個困境。

我放棄製造彈幕，改用威力強大的魔法，朝向緊追在後的超級蜘蛛怪射了過去。

超級蜘蛛怪發現這些攻擊的威力不容忽視，為了防禦而停下腳步。

我趁機拉開距離，順便展開比剛才稍微薄弱一些的彈幕，牽制其他蜘蛛。

為了不讓我逃到中層，只有人偶蜘蛛在中層入口前面按兵不動。

這對我而言不算好也不算壞。

我看向自己的能力值，不由得感到焦急。

雖然我靠著魔法和蜘蛛絲不斷避開超級蜘蛛怪的追擊，但我很清楚自己撐不了太久。

憑超級蜘蛛怪的能力值，短時間就能突破我的牽制。

更何況對方還有五隻。

然後，那一瞬間很快就降臨了。

超級蜘蛛怪的利爪擊中我的身體。

我被硬摔在地上，還被緊緊踩住。
五隻超級蜘蛛怪包圍住動彈不得的我。
我陷入山窮水盡的天大危機。
即使如此，也還不至於完全沒有活路。
我看向自己滿目瘡痍的身體，確認能力值中的某個項目。
那就是經驗值。
我看向剛才一邊應付超級蜘蛛怪一邊擊敗其他蜘蛛賺來的經驗值，以及下次升級所需要的經驗值。
只差一點。
距離升級只差一點，距離死亡也只差一點。
雖然必須賭上一把，但要是不放手一搏，我百分之百會死。
既然如此，不管勝算有多麼渺茫，我也只能豁出去了。
我迅速對這些超級蜘蛛怪發動鑑定，把目標對準ＨＰ減少最多的傢伙。
死滅的邪眼……發動！
這是我在進化成現在的種族——死神之影時得到的技能。
利用腐蝕這個掌管死亡的屬性發動的即死級攻擊。
就現況而言，在我擁有的技能之中，這是殺傷力僅次於深淵魔法的技能。

但必須付出的代價也很大。只要發動這個技能，我也會受到反噬傷害。
對於我現在這個傷痕累累的身體來說，這樣的傷害相當要命。
根據我的判斷，我大概有一半的機率能承受得住這樣的傷害。
而且就算承受得住，也只有一半的機率能解決掉超級蜘蛛怪。
能夠得到足以升級的經驗值的機率也只有一半。
滿足所有條件的機率是八分之一。
《經驗值達到一定程度。個體——死神之影從ＬＶ29升級爲ＬＶ30。》
但是我賭贏了。
超級蜘蛛怪嚥下最後一口氣，得到的經驗值讓我提升等級。
身體開始脫皮，傷勢完全痊癒。
失去的部分身體恢復原狀，斷掉的腳也再生了。
不過ＨＰ並沒有完全恢復。
看來等級提升帶來的脫皮恢復效果，也存在著能夠恢復的上限。
儘管如此，原本山窮水盡的戰況也已經好轉，變成能看到一線生機的戰況。
雖然只有勉強能看到一線生機的程度就是了。
在死滅的邪眼的注視下，超級蜘蛛怪逐漸化為塵埃。
也許是被這樣的光景嚇到，把我踩在地上的腳稍微放鬆力量了。

我用斬擊絲劈在那隻腳上，成功逃了出來。

同時沿著那隻腳往上爬，爬到超級蜘蛛怪身上。

超級蜘蛛怪努力扭轉身體，試圖把我甩開，但我緊抓住牠不放，還用牙齒咬牠的身體。

超級蜘蛛怪痛苦地在地上打滾。

雖然牠把自己的身體跟我一起撞在地上，想要逼我放開嘴，但我靠著意志力繼續咬著牠不放，並開始注入毒素。

因為只要攻擊我，就會牽連到被我咬住的超級蜘蛛怪，所以其他幾隻超級蜘蛛怪全都不敢出手。

超級蜘蛛怪不斷掙扎，我緊咬不放，其他蜘蛛只能旁觀的狀況持續了一段時間。

最早注意到我的意圖的，果然是人偶蜘蛛。

牠不惜傷害同伴也要發動攻擊，想把超級蜘蛛怪連同我一起砍成兩半。

不過很可惜。

時間到了。

長距離轉移魔法發動。

雖然人偶蜘蛛的劍已經逼近眼前，但我的身體在被砍中之前就轉移離開了。

我跟被咬住的超級蜘蛛怪一起來到中層。

打從一開始，我的毒就不可能對異常狀態抗性高得驚人的超級蜘蛛怪管用。

所以我咬住牠的身體注入毒素只是在拖延時間。

然後用爭取到的時間準備轉移魔法。

我的勝利條件並不是消滅蜘蛛軍團。

而是殺出一條血路。

在那種狀況下，我抗戰到底存活下來的可能性幾乎等於零。

畢竟光是要對付剩下的四隻超級蜘蛛怪就很困難了，還得面對實力遠遠凌駕在牠們之上的人偶蜘蛛。

老實說，就算是一對一單挑，我也打不過人偶蜘蛛。

我可不喜歡挑戰打不贏的敵人。

所以我決定逃跑。

不過還是順便帶走了一隻超級蜘蛛怪。

我鬆開嘴，在岩漿上方與超級蜘蛛怪對峙。

雙方的立場反過來了。

不同於對炎熱有著某種程度的抗性的我，超級蜘蛛怪很怕熱。

因為這傢伙之前把我整得死去活來的，所以我要拿牠來出氣。

幾分鐘後，中層多了一具超級蜘蛛怪的屍體。

S4　艾爾羅大迷宮裡的怪物

視野有些模糊。

彷彿在看古老電影一樣，眼前的景色像是隔著一層薄膜般，毫無真實感。

在火把的照耀之下，我發現周圍有幾道人影。

我看到幾張熟面孔。

是哈林斯先生和聖女亞娜小姐。

雖然我不曾見過其他兩名男子，但另一名男子不就是巴斯卡先生的兒子哥爾夫先生嗎？

他們前往某個地方，並且遇到那傢伙。

蜘蛛型魔物——惡夢殘渣。

當他們經過一番苦戰擊敗敵人時，我好像突然看見了白色少女的幻影。

看見那名看不清楚輪廓，只能用白色來形容的少女的幻影。

我整個人從地上彈了起來。

剛才那是……夢？

難道是尤利烏斯大哥過去討伐惡夢殘渣時的光景？

因為從巴斯卡先生口中聽說惡夢殘渣的傳聞，我才會作這種夢嗎？

如果不是這樣，那尤利烏斯大哥讓我作這種夢，是想要告訴我什麼？

會這樣想的我，是不是太會幻想了？

我不由得抓住哥哥遺留下來的白色圍巾。

「前面就是大通道了。大家小心。」

在巴斯卡先生的帶領下，我們踏進之前提到的大通道。

踏進大通道後，我嚇到了。

這裡好寬廣。

雖然早有耳聞，但這裡寬廣的程度跟我們之前走過的狹窄通道完全沒得比。

這寬度輕易就超過一百公尺了吧。

天花板的高度應該也差不多。

就如同巴斯卡先生說的，與其說這裡是通道，倒不如說是大廣場。

我只在一瞬間愣住。

馬上就回過神來，提高警覺環視周圍。
附近似乎沒有魔物。
在為此鬆了口氣的同時，我們也開始移動。
大通道很寬廣。
不過地上到處都有相當巨大的岩石，阻擋了我們的視線。
岩石後方或許躲藏著某種魔物。
我一邊注意周圍的動靜，一邊保持同樣的步調前進。
走了一段路後，巴斯卡先生停下腳步。
「怎麼了？」
「奇怪，到處都看不到魔物。」
巴斯卡先生的話語和表情都充滿了難以隱藏的焦躁。
現在的狀況有那麼糟糕嗎？
「平常會有更多魔物嗎？」
「沒錯。走了這麼長一段路卻完全看不到魔物，實在是太反常了。」
「簡直就跟我遇到惡夢那時候一樣……」巴斯卡先生如此喃喃自語。
他的呢喃聲讓我跟著緊張了起來。
「有通往其他路線的路嗎？」

看來最好是認定這裡發生了某種異常狀況。

既然如此，就應該做好安全對策。

「再過去一點的地方有一條小路。我們從那裡切換到其他路線吧。」

巴斯卡先生似乎也贊成我的意見，立刻提出方案。

大家也從巴斯卡先生的反應察覺到異狀，沒人表示反對。

不過，這個判斷下得太晚了。

有某種東西正衝向這裡。

那是一頭龍。

外型就像是稍微瘦一點的暴龍。

不過那傢伙就只有手異常地大，每根爪子都綻放出有如名刀般的光芒。

「是地龍。啐！這種傢伙居然會在上層，難道是剛完成進化？」

巴斯卡先生咂舌了一聲。

眾人擺出戰鬥架式。

我下定決心，鑑定對手。

〈地龍艾基沙　ＬＶ2

能力值

ＨＰ：２８０８／２８０８（綠）　ＭＰ：１３１２／１３１２（藍）
ＳＰ：３６５５／３６５５（黃）　：２０３２／３６４５（紅）
平均攻擊能力：２４９８（詳細）　平均防禦能力：２４５５（詳細）
平均魔法能力：１２９８（詳細）　平均抵抗能力：２４５２（詳細）
平均速度能力：３６００（詳細）

技能

「地龍ＬＶ１」「逆鱗ＬＶ４」「堅甲殼ＬＶ１」
「鋼體ＬＶ１」「ＨＰ高速恢復ＬＶ１」「ＭＰ恢復速度ＬＶ１」
「ＭＰ消耗減緩ＬＶ１」「魔力感知ＬＶ３」「魔力操作ＬＶ３」
「魔力擊ＬＶ１」「ＳＰ高速恢復ＬＶ２」「ＳＰ消耗大減緩ＬＶ２」
「大地攻擊ＬＶ５」「大地強化ＬＶ５」「破壞強化ＬＶ７」
「斬擊大強化ＬＶ６」「貫通大強化ＬＶ６」「打擊大強化ＬＶ６」
「空間機動ＬＶ３」「命中ＬＶ10」「閃避ＬＶ10」
「機率補正ＬＶ４」「危險感知ＬＶ７」「氣息感知ＬＶ７」
「熱感知ＬＶ７」「動態物體感知ＬＶ５」「土魔法ＬＶ１」
「破壞抗性ＬＶ２」「斬擊抗性ＬＶ５」「貫通抗性ＬＶ５」
「打擊抗性ＬＶ６」「衝擊抗性ＬＶ２」「大地無效」

「雷抗性ＬＶ７」　「異常狀態大抗性ＬＶ２」　「腐蝕抗性ＬＶ１」
「疼痛無效」　「痛覺減輕ＬＶ４」　「夜視ＬＶ10」
「視覺領域擴大ＬＶ５」　「視覺強化ＬＶ５」　「聽覺強化ＬＶ４」
「嗅覺強化ＬＶ４」　「身命ＬＶ７」　「魔藏ＬＶ１」
「天動ＬＶ１」　「富天ＬＶ１」　「剛力ＬＶ５」
「堅牢ＬＶ５」　「道士ＬＶ１」　「護符ＬＶ５」
「韋駄天ＬＶ１」

技能點數：19500

稱號

「魔物殺手」　「魔物屠夫」　「龍」
「霸者」

強大的能力值。

其中又以速度特別突出。

「這傢伙的速度很快，大家小心！」

我大喊一聲。

地龍在同時踹向地面。

揮下的利爪被哈林斯先生用盾牌擋住了。

「嗚！」

哈林斯先生因為痛苦而扭曲著臉。

但拜哈林斯先生所賜，地龍在一瞬間停下動作。

我和巴斯卡先生沒有放過這個機會，分別砍向牠的雙腿。

卡迪雅和老師的魔法也在敵人身上炸開。

卡迪雅的火焰魔法在地龍臉上燃燒，老師的風魔法轟飛地龍的身軀。

地龍發出痛苦的叫聲在地上打滾。

不過實際造成的傷害並不大。

地龍的右腿差點被我斬斷。

但巴斯卡先生砍中的左腿幾乎沒有受傷。

因為他的攻擊沒能突破地龍強韌的防禦力。

地龍從地上爬起。

儘管臉孔被火焰魔法直接擊中，也沒有留下半點灼傷。

「真是難搞啊……」

巴斯卡先生一邊流著冷汗，一邊呢喃。

因為敵人的防禦力遠遠超出預期，我也在不知不覺間滿手冷汗。

我原本打算用剛才那一劍砍斷敵人的腳。

結果卻只砍斷了一半。

不但如此，我還差點因為超乎預期的反作用力而放開手中的劍。

魔法的效果也不是很好。

逆鱗這個技能足以大幅減弱魔法的力量。

卡迪雅和老師都是站在人類頂點的魔法師。

即使被她們兩人的魔法擊中，地龍也一副若無其事的樣子。

話雖如此，牠也並非完全沒有受傷。

不是無法擊敗的對手。

地龍飛了起來。

儘管沒有翅膀，卻也能在空中奔跑。

那是空間機動這個技能的空中移動效果。

地龍的目標是站在隊伍最後方的安娜。

安娜射出魔法。

射出的電擊魔法沒能對地龍造成傷害。

因為地龍擁有雷抗性。

敵人不但擁有強大的魔法防禦力，還擁有雷抗性，讓雷魔法的效果大打折扣。

哈林斯先生衝到來襲的地龍和安娜之間。

盾牌再次擋下地龍的利爪。

跟剛才一模一樣的光景。

但地龍這次沒跟剛才一樣停在原地，而是立刻退向後方。

速度快到讓我們來不及追擊。

「對方有雷抗性，會讓攻擊無效！土也是一樣！改用其他屬性的魔法吧！卡迪雅繼續以魔法為主進行攻擊！巴斯卡先生也用魔法牽制敵人的行動吧！」

我把地龍擁有的抗性告訴眾人。

其實敵人對物理攻擊也有抗性，但我們對此也束手無策。

如果連巴斯卡先生的攻擊力都無法造成太大的損傷，那就只剩下我和另一個人有辦法用物理攻擊削減地龍的ＨＰ了。

「喝啊！」

我口中的另一個人——菲的拳頭狠狠揍在地龍臉上。

地龍龐大的身軀誇張地飛了出去，在地上不斷翻滾。

看得目瞪口呆動也不動的人，不是只有我。

雖然卡迪雅經常說我是外掛小子，但真正開外掛的應該是菲才對吧？

從地上爬起來的地龍惡狠狠地瞪著菲，一邊咆吼一邊衝了過來。

利爪朝向菲揮了過去。

菲舉起手臂防禦。

從她的手臂放出的白色金屬光芒，並不是肉眼的錯覺。

那是名為鋼體的技能，能夠把身體變得跟金屬一樣堅硬。

此外，菲還擁有名為堅甲殼的外皮硬化技能，讓她的防禦力高於原本的能力值。

即使化身成人類的模樣，她依然是擁有出色防禦力的前任地竜兼現任光竜。

儘管只是隻竜，卻能夠跟龍正面對決。

地龍似乎也沒想到自己的攻擊會被正面擋下，驚訝得停住不動。

看準這一瞬間的空檔，老師發動魔法。

一道旋風包圍住地龍的身體。

那不是以殺傷敵人為目的的魔法。

而是用來束縛對手的魔法。

那是暴風魔法中名為縛風的魔法。

地龍掙扎著想要逃離風的束縛。

因為逆鱗的效果，魔法似乎撐不了太久。

為了不讓敵人得逞，卡迪雅發出火焰魔法。

火焰和老師釋放的風混在一起，變成火焰龍捲風圍住地龍的身體。

地龍發出痛苦的哀號聲。

為了追擊敵人，安娜發出風的魔法，巴斯卡先生也發出黑暗魔法。

哈林斯先生趁機對自己施放治療魔法。

即使成功用盾牌擋下，地龍的攻擊還是對哈林斯先生造成了傷害。

地龍的ＨＰ逐漸減少。

但地龍轟散了火焰龍捲風。

牠的口中綻放出吐息的光芒。

我挺身站在倒抽了一口氣的同伴們面前。

地龍發出的吐息跟我施展的魔法激烈對撞。

我發動的是聖光魔法等級７的魔法。

這魔法有著聖光線這個廉價且土氣的名字。

然而跟土氣的名字完全相反，其威力非常強大。

我射出的光線推回地龍的吐息，反倒對敵人造成傷害。

嘴巴被轟飛的地龍緩緩倒在地上。

地龍的ＨＰ變成零了。

《經驗值達到一定程度。修雷因・薩剛・亞納雷德從ＬＶ28升級爲ＬＶ29。》

《各項基礎能力值上升。》

《取得技能熟練度等級提升加成。》

《取得技能點數。》

《滿足條件。取得稱號〈屠龍者〉。》

《基於稱號〈屠龍者〉的效果，取得技能〈天命ＬＶ１〉、〈龍力ＬＶ１〉。》

《〈天命ＬＶ１〉被整合爲〈天命ＬＶ６〉。》

《熟練度達到一定程度。技能〈天命ＬＶ６〉升級爲〈天命ＬＶ７〉。》

看來成功擊敗龍，讓我得到稱號了。

「屠龍者……這樣一來，我們也變成傳說的一員了呢。」

卡迪雅半開玩笑地說。

看來不光是給予地龍最後一擊的我，參戰的所有人都得到了這個稱號。

「呼……我一時之間還以為完蛋了，沒想到居然能成功屠龍。」

巴斯卡先生小心翼翼地走近地龍的屍體。

「這傢伙的屍體就交給我保管了，沒問題吧？」

「嗯。麻煩您了。」

魔物身上不同部位的素材有著各式各樣的用途。

如果是龍，其價值難以估計。

如果是持有空間收納道具的巴斯卡先生，就連這個巨大的屍體都能帶著走。龍的巨大身軀被吸進巴斯卡先生持有的包包之中。

「這傢伙就是大通道裡最危險的魔物嗎？」

「說什麼傻話。平常才不會遇到這種大頭目。大通道裡最難纏的魔物是更低一級的地竜。這傢伙八成是由地竜進化而成的吧。」

「對耶。這傢伙的等級確實不高。」

「我就說吧。這裡之所以看不到其他魔物，應該是被剛完成進化的這傢伙吃光了。」

經驗值累積到一定程度的魔物有時候會進化。

一旦完成進化，等級就會回到1，變成更高一級的存在。

而剛完成進化的魔物會處於飢餓狀態，變得非常好戰。

這隻地龍的等級很低，SP打從一開始就不是滿的。

這些都是牠才剛完成進化的證據。

「屠龍者啊……我最多只跟尤利烏斯他們一起打過竜。以帶到那個世界的禮物來說，這個稱號還算不錯。」

哈林斯先生露出複雜的笑容。

「都是哈林斯先生擋下地龍攻擊的功勞。」

「光是要擋住牠的攻擊，我就已經竭盡全力。但是，我至少有做好前衛該做的事。」

「是啊。拜此所賜，我們才沒人受傷。真的很感謝你。」

「不用道謝。這是我的職責。再說，給地龍最後一擊的人可是你。你做得很好。」

說完，哈林斯先生有些粗魯地亂摸我的腦袋。

「別鬧了啦。」

我邊笑邊逃離他的魔掌。

擊敗強敵後，現場充斥著輕鬆的氣氛。

就在這時，一股寒意突然竄上背脊。

我回頭一看。

正好跟那傢伙四目相對。

八道冰冷的視線從岩石上方俯視著這裡。

那是名為惡夢殘渣的魔物。

那傢伙就站在岩石上。

赤紅的八顆眼睛漠然地注視著我。

那傢伙的體型並不大。

不過，其存在感卻比我之前見過的任何魔物都還要大。
我整個人動彈不得。
其他人也一樣。
大家都像是僵住一樣，動也不動。
彷彿都被那隻有著白色蜘蛛外型的魔物緊緊揪住心臟似的。
『勇者？』
我突然聽到這樣的聲音。
那不是真正的聲音。
而是念話。
那不是要傳給我的念話。
我只是碰巧接收到魔物要傳給某人的念話罷了。
『勇者。』
而那位某人，已經在不知不覺間現身了。
從四面八方出現。
『支配者？』
『支配者。』『支配者。』『支配者。』『支配者。』『支配者。』『支配者。』
『無法鑑定？』

『無法鑑定。』『無法鑑定。』『無法鑑定。』『無法鑑定。』『無法鑑定。』『無法鑑定。』

『支配者？』

『支配者。』『支配者。』『支配者。』『支配者。』『支配者。』

『轉生者？』

『轉生者。』『轉生者。』『轉生者。』『轉生者。』『轉生者。』

『可是好弱。』

『好弱。』『好弱。』『好弱。』『好弱。』『好弱。』

『太弱了。』『太弱了。』『太弱了。』『太弱了。』『太弱了。』

念話的聲音從四面八方傳來。

在不知不覺間，地面、牆壁和天花板都被那些傢伙占據了。

無數道紅色視線。

放眼望去，只有一片雪白。

這副異常的光景讓我停止思考。

不行，我必須思考。

這些傢伙擁有明確的意志，並懂得使用語言。

還說了讓我不能假裝沒聽到的詞彙。

「你們知道轉生者的存在嗎！」
我下定決心問個清楚。
我知道巴斯卡先生驚訝得瞪大雙眼，但只有這個問題，我非問不可。
『知道。』『知道。』
『不可能不知道。』
魔物回答了。
看來有辦法跟牠們溝通。
這些傢伙不是沒有智慧的魔物。
「你們怎麼會知道？」
『主人。』『主人。』
『老媽。』『老媽。』
「你們說的那位主人是轉生者嗎？」
『你到時候就知道了。』
『遲早會知道。』
『很快就會知道。』
『馬上就會知道。』
「什麼意思？」

『宣言。』

『宣告。』

『終焉的起始。』

『世界的起點。』

『世界的終點。』

白色影子逐漸消失。

「等一下！這到底是什麼意思！」

『知道也沒有意義。』

『反正你會死。』

『大家都會死。』

『儘管掙扎吧。』

在此之前就放過你們吧——這些話裡似乎含有這樣的意思。

然後，惡夢殘渣就從我們面前消失了。

「你這個傻小子！」

巴斯卡先生一拳打在我臉上。

我沒有抵抗，就這樣乖乖挨揍。
巴斯卡先生還想繼續揮拳揍我，但哈林斯先生從身後架住了他的雙手。
「我說過了吧！遇到惡夢殘渣的時候，什麼都不做才是最好的應對方式！」
儘管被架住雙手，巴斯卡先生依然氣呼呼地對我大吼。
好像隨時都會甩開哈林斯先生一樣。
「別生氣了。反正大家都平安無事就好了，不是嗎？」
老師出面替我緩頰，巴斯卡先生總算放棄掙扎。
雖然他的怒火還沒完全消退，但應該不會繼續動粗了。
「真是抱歉。我無論如何都必須把事情問清楚。」
「就算死了也無所謂嗎？」
我被狠狠瞪了一眼。
被他這麼一說，我也無從辯解。
「你自己想死就算了。可是不要把別人也拖下水。想自殺的話，就自己一個人去。」
「巴斯卡先生，你說得太過火了。」
雖然老師如此指責巴斯卡先生，但巴斯卡先生才是對的。
我只是為了滿足自己的好奇心，就擅自對危險的惡夢殘渣採取行動。
巴斯卡先生推開哈林斯先生。

也許是認定他已經不會亂來，哈林斯先生乾脆地放開巴斯卡先生。

巴斯卡先生就這樣走到稍微有段距離的岩石旁邊，把背靠了上去，然後緩緩癱坐在地上。

仔細一看，他的臉色非常差。

巴斯卡先生說他以前遭遇過惡夢。

剛才那件事，或許讓他的心靈創傷復發了吧。

我重新看向其他同伴，卡迪雅和安娜癱坐在地，哈林斯先生的臉色也有些蒼白。

就連菲都板著一張臉。

就只有老師露出若無其事的表情。

「妳們還好吧？」

我詢問癱坐在地上的卡迪雅和安娜。

「我嚇到腿軟，站不起來……」

「真是太丟臉了。」

兩人都露出快要哭出來的表情仰望著我。

看她們身上還起了一些雞皮疙瘩，應該是受到不小的驚嚇，而且覺得作嘔吧。

雖然就魔物而言，惡夢殘渣的體型算是比較小隻，但是被大型蜘蛛團團包圍，不可能不覺得嘔心。

就連我都覺得作嘔了，女生們肯定更是如此。

「萬一那些傢伙襲擊我們，菲應該有辦法對付吧？」

「應該……沒辦法。」

對於我的問題，菲沒什麼自信地如此回答。

「如果只有一隻，可能沒問題，但是要同時對付那麼多隻，我就沒有信心了。」

「我想也是。」

如果只有一隻，我或許也有辦法對付。

因為不敢發動鑑定，所以我不清楚惡夢殘渣確切的能力值，但我覺得牠們的實力應該跟剛才那隻地龍差不多，甚至有可能更強。

如果是能夠在跟地龍的肉搏戰中占上風的菲，或許有辦法跟惡夢殘渣一較高下。

但前提是對方只有一隻。

若要對付那群多到數不清的惡夢殘渣，一定不可能打贏。

正因為如此，在那種必須看惡夢殘渣臉色的場面中，我還輕率地跑去跟牠們搭話，根本就是在拿大家的性命開玩笑。

就算被巴斯卡先生揍也不能有怨言。

身為必須為我們所有人的生命安全負責的領路人，他應該無法原諒我任性妄為的行動吧。

「為什麼老師還有辦法保持平靜？」

臉色稍微好轉的卡迪雅，看向在場唯一處之泰然的老師。

「沒那回事。我內心一點都不平靜喔。那些魔物外表很可愛，內在卻讓我有些作嘔……」

「居然說可愛……」

啊，難道她前世是真心喜歡那些東西，不是在塑造形象嗎？

我記得老師從前世時就喜歡那種噁心的生物。

我還以為她是故意為自己塑造那種形象，但看來她是真心喜歡蜘蛛之類的動物。

真教人意外。

「話說回來，關於那些孩子所說的話，你有何感想？」

那些惡夢殘渣留下了許多神祕難解的話語。

「不知道。情報太少了。」

再說，那些名叫惡夢殘渣的魔物到底是什麼？

既然牠們能看穿我方的情報，那肯定擁有高等級的鑑定技能。

再加上足以理解人話的智慧。

能夠在完全不被我們察覺的情況下大量聚集過來的匿蹤能力。

還能使用念話與其他同伴溝通。

如果要說牠們是普通魔物，也未免太過異常了。

那些傢伙到底是什麼？

在那些傢伙剛出現時曾經存在的那隻名叫惡夢的魔物，又跟牠們有什麼樣的關係？

「終焉的起始。大家都會死嗎……？」

有如惡夢般的不祥話語。

就只有這句話，一直在我的腦海中迴盪。

Schlain Zagan Analeit

修雷因・薩剛・亞納雷德

他的本名是修雷因·薩剛·亞納雷德。亞納雷德王國側妃生下的第四王子，同時也是擁有身為日本高中生的前世記憶的轉生者。前世的名字是山田俊輔。雖然他在轉生前是平凡的高中男生，轉生後卻展現出非凡的才華，被當成天才兒童對待。他跟正妃的女兒蘇蕾西亞幾乎是同時出生，兩人像是雙胞胎一樣被撫養長大。崇拜身為勇者的同母哥哥尤利烏斯，決定繼承大哥的信念。雖然他本人不喜歡鬥爭，卻因為時代的潮流和許多事件而不得不站上歷史舞台。

5 進化

解決掉超級蜘蛛怪並確認周圍安全無虞之後，我總算鬆了口氣。

我活下來了。

天啊，我快累死了。

光是被老媽追殺就快要把我嚇掉半條命，沒想到還會在成功逃掉之後遇上伏兵。

老媽的殺意也未免太強烈了吧。

完全不打算放我活命。

如果這是遊戲，肯定是款糞作。

遊戲才剛開始就突然讓玩家遇到最後大魔王，逃亡地點還有四天王在堵人之類的。

真是太沒天理了……

比起成功撿回一命的喜悅，疲勞感還要來得更為強烈。

不管是肉體上還是精神上都一樣。

雖然我之前也遇過好幾次的生死關頭，但這次是最危險的一次。

我甚至還用上處於半封印狀態的自爆技——死滅的邪眼，但還是不得不在生還可能性不高的情況下放手一搏。

雖然我以前經常面對只要挨上一發攻擊就會往生的戰鬥，但像剛才那樣被慢慢逼入絕境的經驗其實並不多。

頂多只有第一次。摔到下層被蜜蜂叮的時候，還有跟亞拉巴戰鬥的時候吧。

雖然只要挨上一發攻擊就會往生的戰鬥總是讓人冷汗直流，但被慢慢逼入絕境，會讓人感到另一種不同的焦躁。

啊……拜託放過我吧。

算了，總之我暫時脫離危險了。

我現在身處的這個岩漿湖地區，正好位於中層的正中央。

怕火的蜘蛛應該沒辦法追到這裡……吧？

畢竟連超級蜘蛛怪待在中層都會慢慢扣ＨＰ了，其他實力更弱的蜘蛛怪光是進來這裡，肯定會沒命。

問題在於我初次見到的那種人偶蜘蛛。

如果是那傢伙，說不定有辦法在中層自由活動。

真是的，那傢伙到底是怎麼回事？

既然沒有顯示在睿智大人的進化樹上，就表示那傢伙不同於一般的蜘蛛怪，屬於特殊進化的蜘蛛怪。

雖然那傢伙可能是突變種或某種特例，但沒想到老媽還藏有這樣的王牌。

即使沒有老媽那麼誇張，但不管怎麼想，我都不可能打贏能力值全都破萬的傢伙。

幸好那傢伙為了提防我逃跑而沒有率先發動攻擊，但要是牠跟超級蜘蛛怪的任務顛倒過來，我就有危險了。

我試著想像一下超級蜘蛛怪負責擋住我的逃亡路線，人偶蜘蛛負責討伐我的光景。

嗯……必死無疑。

敵人唯一的失誤，就只有任務分配錯了。

還好老媽在最後關頭犯了這個小小的失誤。

儘管如此，我依然陷入前所未有的危機。

好啦，接下來該怎麼辦呢？

總之，我想先確認一下老媽現在的行動。

我試著呼叫應該正忙著跟老媽交戰的平行意識，卻有種通訊受到阻礙般的感覺。

雖然我跟平行意識之間的連結沒被切斷，但看來通話是受到阻礙了。

取而代之的是，我跟老媽之間的連結也跟著變弱。

我想，老媽之所以能夠那麼完美地把握我的行動，八成是利用了牠擁有的眷屬支配技能，暗中監視我的行動。

我原本就是因為發現這個技能對我造成的影響，才會想要對老媽進行反擊，但那個技能至今依然把我和老媽連結在一起。

雖然我覺得自己不會受到支配，沒有特別提防，但老媽應該還是有辦法監視我的行動。

既然這道連結現在已經減弱，不就表示老媽也看不到我的行動嗎？

如果真是這樣，等到這道連結恢復時，老媽說不定會再次發動攻勢。

在掌握我位置的情況下進攻。

反過來說，老媽現在應該不曉得我的位置，所以我能夠暫時放心了。

但這一切都只是推測，不能太過相信就是了。

這麼看來，我還是別用千里眼之類的技能觀察老媽的情況會比較好。

要是一個不小心被發現就糟了。

只要暫時躲在這裡，就算敵人走最短路徑過來，應該也得花上幾天。

如果平行意識能在這段期間擊敗老媽，那就再好不過了。

就算不是這樣，反正正面對決是絕對沒有勝算，我也只能選擇逃跑。

我現在好像能夠體會逃犯的心情了。

蜘蛛警察好可怕。

總之，先把現在能做的事情搞定吧。

拜擊敗剛才那隻超級蜘蛛怪所賜，我的等級升到30了。

而且能力值上還顯示出「準備進化」這樣的訊息。

呼呼呼……沒錯，我可以進化了！

除了屬於特殊進化的女郎蜘蛛之外，這是最後一次進化。
候選種族只有一個，我似乎能夠進化成名為不死蛛后的魔物。
從進化樹上來看，這個不死蛛后似乎是跟老媽同等級的魔物。
話雖如此，考慮到之前的進化過程，總覺得就算完成進化，我的能力值也不會急速上升。
就算成功進化，我也不會突然就變得跟老媽一樣強。
即使所屬種族的層級不相上下，老媽的等級還是高達89。
如果要跟老媽正面對決，我至少得完成進化並且練到等級89。
話雖如此，只要完成進化，能力值還是會多少提升一些，搞不好會得到新技能。
但我目前為止都只拿到腐蝕攻擊或死滅的邪眼這些威力強大，但是也會重創自己的危險技能就是了！
我在進化的過程中會毫無防備，不過這裡的魔物都在我痛扁超級蜘蛛怪的時候逃跑了，所以沒有問題。
以前的我，連在這裡進化都得賭命，現在反而是魔物會主動逃得老遠。
雖然這會讓我難以確保食物，經常為此頭痛不已，這種時候反倒是幫了大忙。
事情就是這樣，開始進化吧！
《個體——死神之影進化爲不死蛛后。》
好喔。

我的意識跟以往一樣慢慢沉入黑暗……沒有耶。

哎呀？

這是怎麼回事？

啊，難道是因為睡眠無效嗎？

因為怠惰的支配者這個稱號，我得到了睡眠無效這個技能。

這個技能不光是能夠讓我免疫睡眠屬性的攻擊，還能消除因為沒有睡覺而造成的負面狀態。

就算我二十四小時全年無休也不會受到懲罰。

而且想睡覺的時候還是可以正常睡覺，是非常方便的技能。

我想應該是多虧了這個技能，我才沒有在進化的過程中失去意識。

可是……原來這就是進化啊……

好奇怪的感覺。

雖然不痛也不癢，但總覺得體內的構造正在改變。

感覺像是要變成完全不同的生物一樣。

不可思議的是，我完全沒有感到害怕或厭惡。

《進化完畢。》

《種族變成不死蛛后了。》

《各項基礎能力值上升。》

《取得技能熟練度進化加成。》

之後是一連串的技能等級提升通知。

喔喔。

雖然我知道進化會讓所有技能都升級，但是像這樣仔細聽過一遍，我才發現升級的技能還真是多。

《透過進化取得技能〈不死〉。》

《取得技能點數。》

嗯？

嗯嗯？

嗯嗯嗯！

我剛才好像有聽到一句絕對不能漏聽的話喔！

你說什麼？

我得到什麼了？

〈不死：在系統內不會死亡〉

喂——！

這樣真的好嗎？

這技能太誇張了吧！

居然隨便亂塞這種東西，D那傢伙到底有多白痴啊！

這不就是古今中外無數人類不斷追求的究極作弊技能嗎！

哇哈哈哈！這樣就贏定啦！

不會死的意思，就是我直接衝到老媽面前也不會有事對吧？

因為我不會死嘛！

不管是被吐息爆頭，還是被一腳踩扁，還是被魔法轟成灰，我都不會死。

愛怎麼疊屍就怎麼疊屍。

就算老媽是大怪獸，一直跟打不死的敵人戰鬥也遲早會筋疲力竭。

哇哈哈哈哈！

沒想到我只是進化一下，問題就突然迎刃而解了！

如果只要進化就能得到這種作弊技能，就不難理解為何這種魔物跟老媽屬於同一層級了。

呼……

總之，為了補充因為進化而消耗掉的紅色計量條體力，我還是先把超級蜘蛛怪的屍體吃掉好了。

我一邊啃食超級蜘蛛怪的屍體，一邊檢查自己的能力值。

〈不死蛛后　ＬＶ１　姓名　無

能力值

ＨＰ：４２９３／４２９３（綠）＋１８００（詳細）

ＭＰ：１３２９２／１３２９２（藍）＋１８００（詳細）

ＳＰ：２８７３／２８７３（黃）（詳細）

：１４４５／２８７３（紅）＋０（詳細）

平均攻擊能力：２８３３（詳細）　平均防禦能力：２９０４（詳細）

平均魔法能力：１２５９９（詳細）　平均抵抗能力：１２５４５（詳細）

平均速度能力：８３６１（詳細）

技能

「ＨＰ高速恢復ＬＶ９」「魔導的極致」「魔神法ＬＶ３」

「魔力附加ＬＶ８」「魔力擊ＬＶ１」「ＳＰ高速恢復ＬＶ２」

「ＳＰ消耗大減緩ＬＶ２」「破壞強化ＬＶ７」「斬擊強化ＬＶ９」

「異常狀態大強化ＬＶ２」「鬪神法ＬＶ１」「氣力附加ＬＶ６」

「龍力ＬＶ８」「猛毒攻擊ＬＶ７」「腐蝕攻擊ＬＶ５」

「外道攻擊ＬＶ６」「毒合成ＬＶ10」「藥合成ＬＶ８」

「絲的天才ＬＶ１」「萬能絲ＬＶ７」「操絲術ＬＶ10」

「念動力ＬＶ３」「投擲ＬＶ10」「射出ＬＶ４」

「空間機動ＬＶ９」
「未來視ＬＶ１」
「命中ＬＶ10」
「隱密ＬＶ10」
「暴君ＬＶ２」
「頹廢」
「風魔法ＬＶ７」
「影魔法ＬＶ10」
「毒魔法ＬＶ10」
「次元魔法ＬＶ５」
「傲慢」
「怠惰」
「打擊抗性ＬＶ７」
「火焰抗性ＬＶ３」
「重大抗性ＬＶ２」
「腐蝕抗性ＬＶ８」
「外道無效」

「集中ＬＶ10」
「平行意識ＬＶ８」
「閃避ＬＶ10」
「迷彩ＬＶ３」
「斷罪」
「不死」
「土魔法ＬＶ10」
「黑暗魔法ＬＶ10」
「治療魔法ＬＶ10」
「深淵魔法ＬＶ10」
「怒氣ＬＶ４」
「睿智」
「斬擊抗性ＬＶ７」
「風抗性ＬＶ４」
「異常狀態無效」
「暈眩抗性ＬＶ６」
「疼痛無效」

「思考超加速ＬＶ１」
「高速演算ＬＶ７」
「機率補正ＬＶ９」
「無聲ＬＶ９」
「奈落」
「外道魔法ＬＶ10」
「大地魔法ＬＶ３」
「暗黑魔法ＬＶ５」
「空間魔法ＬＶ10」
「忍耐」
「飽食ＬＶ８」
「破壞抗性ＬＶ６」
「貫通抗性ＬＶ２」
「土抗性ＬＶ９」
「酸抗性ＬＶ７」
「恐懼大抗性ＬＶ１」
「痛覺大減輕ＬＶ５」

「夜視ＬＶ10」　「千里眼ＬＶ８」　「咒怨的邪眼ＬＶ７」
「靜止的邪眼ＬＶ６」　「引斥的邪眼ＬＶ３」　「死滅的邪眼ＬＶ５」
「五感大強化ＬＶ２」　「知覺領域擴大ＬＶ６」　「神性領域擴大ＬＶ７」
「星魔」　「天命ＬＶ３」　「瞬身ＬＶ８」
「耐久ＬＶ８」　「剛毅ＬＶ３」　「城塞ＬＶ３」
「韋馱天ＬＶ７」　「魔王ＬＶ５」　「禁忌ＬＶ10」
「ｎ％Ｉ＝Ｗ」

技能點數：3600

稱號

「惡食」　「食親者」　「暗殺者」
「魔物殺手」　「毒術師」　「絲術師」
「無情」　「魔物屠夫」　「傲慢的支配者」
「忍耐的支配者」　「睿智的支配者」　「屠竜者」
「恐懼散布者」　「屠龍者」　「怠惰的支配者」
「魔物的天災」　「霸者」
〉

嗯。

純粹的能力值提升幅度並不大。

以往進化時的能力值提升幅度，基本上都跟等級提升時一樣，這次似乎也是如此。

還是一樣只有魔法的相關能力值破萬，第二高的能力值則是速度。

至於特別值得一提的技能，除了不死之外，應該就是異常狀態無效了吧。

因為得知自己得到不死這個技能時太過震撼，害我不小心漏聽，但我似乎在完成進化的同時得到了霸者這個稱號。

當時我取得了異常狀態抗性這個技能，還把本來就有的毒抗性和睡眠無效之類的異常狀態系抗性技能全都整合在一起，一口氣升級為異常狀態無效。

〈霸者：取得技能「破壞強化ＬＶ１」和「異常狀態抗性ＬＶ１」。取得條件：被承認為霸者。效果：對見到霸者的人附加外道屬性「恐懼」的效果。說明：贈與成為霸者之人的稱號〉

太棒了，蜘蛛子！妳變得更可怕了喔！

總覺得膽小的人或是魔物，搞不好光是看到我就會昏倒……

話說，被承認為霸者是什麼意思啊？

被誰承認？

『當然是管理者啊。』

我聽到非常悅耳，但是會讓聽者感到不安的聲音。

一支智慧型手機在不知不覺間掉到我腳邊。
而回答我心聲的人，正是從智慧型手機傳來的那道聲音。
與其說我對那支手機有點印象，倒不如說我在這個世界也只看過一次智慧型手機，所以不可能認錯。
那是自稱是邪神的D的東西。
嗯，假裝沒看見吧。
我沒看見。我什麼都沒看見。我沒聽見。
『哈嘍，我是D喔。』
啊～啊～
我什麼都聽不見。
『哎呀，怎麼會這樣？我手上不知為何，有一顆蜘蛛自爆按鈕耶。』
對不起！請原諒我！
還有，那顆按鈕是怎麼回事！
妳到底是什麼時候做出那種東西的啦！
『我開玩笑的，才沒有那種東西啦。反正就算沒有那種東西，我還是有辦法把蜘蛛變成骯髒的煙火。』
呃……呃……

這樣說完全沒辦法放心……

『放心啦。我不會讓妳這種搞笑的人才隨便死掉的。』

啊，是喔……

那還真是榮幸啊。

那我還有事，先走一步了。

『自爆。』

對不起我錯了！

『開個小玩笑而已啦。』

妳用那種毫無抑揚頓挫的聲音，聽起來一點都不像是在開玩笑。

『經常有人這麼說。』

妳找我到底有什麼事？

『只是來向妳道賀罷了。恭喜妳得到不死。』

謝了。

話說，妳為何要做出不死這個技能？

『妳覺得人類一旦得到滿足，最後還會追求什麼？』

咦？

『財富、名聲、武力、權力，還有不老不死。不管在哪個世界，人類追求的目標不外乎就是

這些。然後，要是他們知道真的有辦法得到這些東西，妳覺得他們會怎麼做？』
無論如何都想得到那些東西吧。
啊，我懂了。
『就是這麼回事。即使明知無法得到，人類還是不會放棄希望，而且不惜一切代價。他們會不斷努力，但直到死前依然得不到想要的東西。而我們管理者會開開心心地收下他們努力的成果。妳不覺得這樣很有效率嗎？』
這傢伙的個性還是一樣差勁。
『因為我是邪神嘛。』
但我輕易取得妳說的那些東西了，這是怎麼回事？
『因為不死蛛后在設定上原本就是不會死的魔物。不過，我沒想到真的會出現成功進化成這個種族的個體。』
喂……
原來這是禁止進化的種族嗎？
『沒有禁止啦。只不過，前面的死神之鐮也是非常罕見的種族，而且就算真的出現，也被設計成在進化之前就會死掉。』
咦？什麼意思？
『死神之鐮不是擁有腐蝕攻擊這個技能嗎？可是牠們並沒有腐蝕抗性。』

咦？是這樣嗎？

『是的，所以在使用腐蝕攻擊的瞬間，一般的死神之鐮自己也會死掉。剛好擁有腐蝕抗性，妳還真是走運呢。』

太危險了吧！

真的假的？

原來我差點就死得莫名其妙嗎！

『因為擁有抗性，妳才只需要付出鐮刀損毀的代價。照理來說應該會當場斃命才對。』

有夠誇張的缺陷品。

『在殺死對方的同時自己也會死掉，所以死神之鐮才會被認為是象徵著不祥的魔物。』

啊……

經妳這麼一說，那種傢伙感覺上確實是很不吉利。

沒有比這更讓別人困擾的事情了。

『死神之影的本質也差不多，而且還得到了更加強大的死滅的邪眼，所以還是會在進化之前就死掉。』

以前曾經出現過進化成不死蛛后的個體嗎？

『沒有。恭喜嘍。妳變成世上獨一無二的魔物了。拍手拍手。』

我是很高興啦，但是被妳這麼一說就高興不太起來了。

『人家可是好心祝福妳耶。』

可是，只要想到以前那些事情，我就……

『因為我是邪神嘛。』

唉……

禁忌也好，不死也好，妳這人的個性真差勁。

『如果妳能換個更好聽的說法，我會更開心喔。例如純粹的惡意之類的。』

會這麼說自己的時候，妳這人就已經沒救了。

妳的個性也未免太惡劣了吧。

『妳不覺得禁忌是個很棒的系統嗎？』

不覺得。

因為我算是半個外人，所以才只有覺得不爽。要是換作原本就住在這個世界的人，應該會在把禁忌練滿的瞬間發瘋吧？

『過去曾經把禁忌練滿的人類，沒一個有好下場。』

我想也是。

『正因為如此，所以才是禁忌。』

妳果然很惡劣。

雖然那也是他們自作自受就是了。

『不過，現在的妳好像顧不得這些。』

是啊。

如果不想辦法解決掉老媽，我連明天的太陽都看不到。

因為我會被困在這裡。

『因為妳好像沒發現，所以我必須提醒妳一下……那可是系統外攻擊喔。』

嗯……有這回事？

『至少我不記得自己安裝過，能夠辦到妳正在進行的那種攻擊的技能。』

是喔。

也對，我利用平行意識攻擊老媽的方法，好像確實不是技能有辦法辦到的事情。

也就是說，我運用到神之領域的部分能力了嗎？

『正是如此。』

呼呼呼。

看來距離我成神的日子也不遠了。

『我很期待喔。』

不對，拜託妳不要裝傻，我比較希望有人吐槽啦。

『我說的是真心話。我很期待妳能踏入我們的領域。』

妳認真的？

『沒錯。』

妳的目的是什麼？

『我應該說過了。純粹是為了娛樂。』

啊，對喔。

妳好像這麼說過。

『我今天心情不錯，要不要我稍微幫妳上幾堂課啊？』

真的假的！

『真的。只要是在能告訴妳的範圍內，我願意告訴妳這個世界的各種事情。』

喔喔……真的嗎？

那我該問什麼問題呢？

對了，我為什麼會轉生到這個世界？

『嗯，那麼我就從頭開始仔細說明吧。首先，妳已經在地球的日本死掉了，關於這一點沒問題吧？』

沒問題。

我果然死掉了啊……

雖然我早就知道可能會是這樣……

『至於死因，則是跟前任勇者和魔王有關。』

咦？

為什麼這個世界的勇者和魔王能夠干涉地球上的人事物？

『因為前任勇者和魔王都會使用次元魔法，而且還是有一定程度實力的天才。他們改良了次元魔法，創造出能夠跨越世界之壁的魔法。』

那種事情有可能辦到嗎？

『當然可以，沒有理由辦不到。只不過，對於系統之外的技術，系統的輔助自然無法發揮作用。而習慣系統輔助的這個世界的居民沒辦法駕馭那種高難度的術式，結果術式爆炸了。在魔法跨越次元的時候，ＭＡ領域有一部分遭到破壞，才會在位於世界之壁另一側的地球的某個日本高中教室引起爆炸。』

嗚哇……

真是會給人添麻煩的傢伙。

破壞ＭＡ領域也未免太扯了吧？

話說，被捲入那種意外死掉的我，到底算什麼……

『就是說啊。都是因為他們亂搞，才會害我不得不重新檢查做好之後就放著不管的這個世界的系統。』

放著不管……？

『我說過了吧，我在這個世界只是外人。管理這個世界的是這個世界的管理者。雖然我負責提供系統，但沒做過除此之外的事情。』

雖然嘴巴上這麼說，但妳最近不是經常干涉這個世界嗎？

『這也是沒辦法的事。雖說是這個世界的勇者和魔王亂搞的結果，但還是有許多無辜的高中生因此死去，還被捲入系統之中。畢竟我也是原因之一，身為系統的架構者，我覺得自己應該做出最低限度的補償。』

嗯？

原因之一？

高中生？

『這個世界目前有二十五名原本是地球人的轉生者。正在上課的教室被破壞殆盡，沒有人活下來。然後，當時的衝擊還讓在場死者的靈魂逆流到那個世界的系統之中，全部轉生到這個世界。為了保護即將被分解的靈魂，讓轉生者帶著記憶和原有靈魂的力量在這個世界活下去，我才會賦予他們n％I＝W這個技能。此外，我還根據轉生者的適性，送給他們每個人一個合適的技能，並且盡量讓他們轉生成靈魂波長較為接近的種族了。我覺得這樣就算是有做到最低限度的補償嘍。』

咦，真的假的？

還有其他的轉生者嗎？

嗯？

我們班上有幾個人啊？

我記得好像有二十五個人吧？

加上老師的話，就是二十六個人吧？

是不是少了一個？

『啊，那個是我啦。』

居然是妳！

咦咦咦？

妳也在那間教室裡面嗎？

『是啊。所以勇者和魔王的魔法才會通往那間教室嘛。』

什麼？

順便問一下，妳的名字是……？

『這是祕密。』

什麼？

妳到底是誰？

班上有那種傢伙嗎？

『先把我的事情擺在一邊吧。正因為身為系統最高管理員的我待在那間教室，才會引發那起意外，因此我也算是原因之一。為了負起這個責任，我才會像這樣干涉這個世界。』

喔喔。

原來就是因為這樣，我才會打從一出生就擁有韋馱天這個技能啊……

可是，那睿智又是怎麼回事？

聽妳的說法，在我們成功轉生之後，妳就已經盡到責任了不是嗎？

『我當時也說過了吧，那是給努力的妳的獎賞。』

是喔。

還是向妳道個謝吧。

謝啦。

『不客氣。』

所以妳送我睿智，又讓我把禁忌練滿，是想要我拯救這個世界嗎？

『我可沒這麼說。妳想在這個世界做什麼都是妳的自由。我不會阻止妳，也不會給妳下達指示，我就只是一名旁觀者。』

希望如此……

『我還真是不被信任。』

因為妳是邪神嘛。

『說得沒錯。』

啊，對了。

結果勇者和魔王到底為什麼要做那種傻事啊？

『我想，他們應該是想要打敗我。』

為什麼？

『好像有股勢力把管理者視為敵人，前任勇者和魔王應該是被他們唆使才會這麼做吧。』

也就是說，他們是無可救藥的笨蛋嗎？

唉……

沒想到我會被捲進這種傢伙引起的不幸意外，死於非命。

真是糟透了……

『總之，我已經做過補償了。想要在轉生的異世界如何過活，就看妳自己的決定嘍。』

啊……嗯。

說得也對。

明明是邪神還這麼認真工作，真是太感謝妳了。

我真的很感謝妳。

『不客氣。』

對了，唆使勇者和魔王的那些傢伙到底是誰？

『告訴妳答案就不好玩了，妳自己親眼確認吧。』

嗚哇……

在這種時候賣關子？
『因為這樣比較有趣啊。』
妳好壞……
話說回來，妳剛才說，會讓我們轉生成靈魂波長較為接近的種族，但我可是蜘蛛耶。
『是蜘蛛沒錯。』
這表示我的靈魂比較接近蜘蛛嗎？
『波長應該相當接近吧。其他人絕大多數都轉生成人族了喔。』
不會吧！
這是在開玩笑嗎！
為什麼我是蜘蛛！
如果可以，我也想轉生成人類啊！
從出生的瞬間就強制進入生存模式，這未免太過刺激了吧！
『可是，都是因為轉生成蜘蛛，妳才能像這樣提前偷跑，所以這也很難算是抽到下下籤吧？』
偷跑？
『是啊。其他人都還只是嬰兒喔。』
啊……

對喔。

其實我才剛出生沒多久。

『這只是其中一項因素，其實妳出生的時間也比人族還要來得早。以地球的年月來計算的話，妳比其他人提早大約半年出生。』

這樣啊……

也就是說，我不但比其他人提早半年出生，還能在別人還是嬰兒的期間不斷成長嗎？

『就是這麼回事。妳還有其他問題嗎？』

那……妳為什麼要做出系統這種麻煩的東西？

就算不做出那種東西，妳應該也有辦法解決問題吧？

『解決問題對我而言毫無意義。因為我是邪神嘛。』

說得也對。

『從今以後，我也會繼續觀賞妳有趣的行動。』

不，拜託妳別看。

『我當然要看。而且還要一手拿著洋芋片，一邊打電動一邊觀賞。』

也未免太享受了吧。

妳還待在日本嗎？

『嗯。』

羨慕死了！

『洋芋片好好吃。對了，冰箱裡還有新上市的冰棒，等一下來吃吧。』

妳去死啦！

我要冰棒！

『有巧克力口味跟香草口味的，妳覺得哪一種比較好？』

閉上嘴巴去死啦！

不要跟我講聽起來就很好吃的食物的事情！

『反正機會難得，乾脆奢侈一點，兩種都吃了吧。』

嗚啊——！

『不開玩笑了，我會祈求妳能戰勝她的。希望妳能活下去，繼續為我提供樂趣。』

哼，在狠狠甩妳一巴掌把冰棒搶走之前，我是不會死的！

『我很期待喔。再見。』

智慧型手機突然消失不見。

結果那個自稱邪神的傢伙，只是來閒聊幾句就消失了。

智慧型手機消失之後，我花了好一段時間讓緊張的身體放鬆。

雖然我們剛才看起來像是在閒聊，但其實我相當緊張。

D自稱是邪神。

然後，雖然她開玩笑說有什麼蜘蛛自爆按鈕，但其實她要殺我一點都不難。

只需要一個跟用遙控器打開電視一樣隨興的動作，她就能夠把我殺掉。

雖然她不知為何很中意我，讓我目前還不至於被殺掉，但那也只是D一時興起的念頭，不見得永遠都不會改變。

正如本人所說，不管是世界的命運還是個人的生死，對D來說都只不過是一種娛樂。

要殺要剮都是她的自由。

只要能讓自己開心就夠了。

她之所以讓轉生者們順利轉生，我覺得不是因為她本人口中的義務。

大概是因為那麼做比較有趣吧。

我覺得應該是這樣的理由。

我很感謝她讓我轉生。

不過，不管我們這些轉生者如何掙扎，依然只是D手中的玩具。

這讓我非常懊悔。

即使懊悔，我也無能為力。

殘酷的神明，應該連我這樣的心情都看穿了吧。

因為看到這樣的我，她才會開心。

魔物圖鑑

file.16 不死蛛后

Lv.01

status【能力值】

HP

？？？／？？？

MP

？？？／？？？

SP

？？？／？？？

？？？／？？？

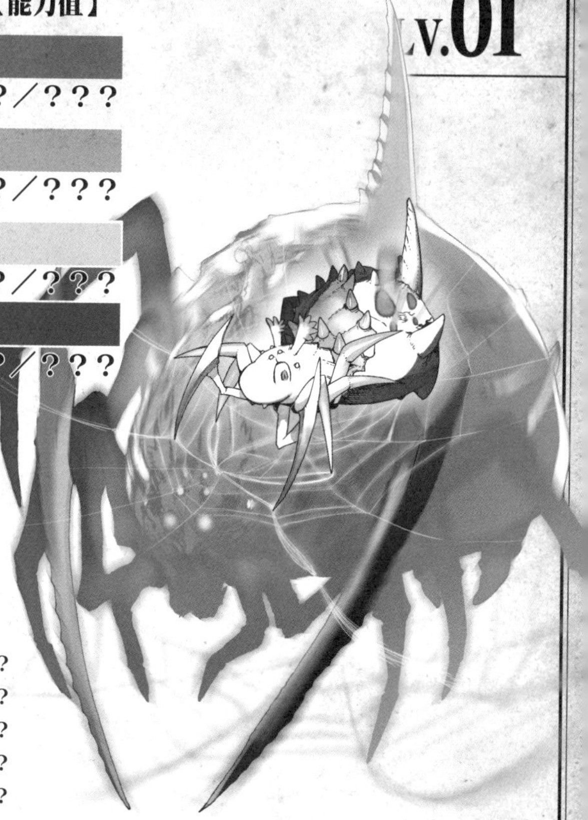

平均攻擊能力：？？？
平均防御能力：？？？
平均魔法能力：？？？
平均抵抗能力：？？？
平均速度能力：？？？

skill【技能】

？？？

史無前例的魔物，因此沒有這種魔物的相關資料，一切全都籠罩在迷霧之中。據說是死神之影進化後的型態，但連這點都只是臆測。成功進化成這種魔物的，只有被稱為「迷宮惡夢」的個體，該個體的推測危險度是神話級。

S5 走出艾爾羅大迷宮

我穿過走廊。

抵達自己的教室，開門走了進去。

教室裡已經來了許多學生。

幾個男生圍成一團，大聲說笑。

他們的核心人物是夏目。

櫻崎在他身旁含蓄地笑著。

雖然沒聽到他們聊天的內容，但肯定是無聊的閒話家常吧。

我走向自己的座位，長谷部就坐在隔壁，跟手鞠川和古田聊天。

把書包擺在桌上後，我走向在窗邊閒聊的叶多和京也。

途中，我瞥見若葉同學靜靜端坐的身影。

漆原同學似乎還沒來，所以沒有人跑去騷擾若葉同學。

在叶多和京也對面窗戶旁邊的蜘蛛網突然映入眼簾。

不知為何，我的目光緊盯著那張蜘蛛網。

當我移回視線時，一名少女就站在眼前。
她容貌詭異，彷彿像是幽靈。
儘管如此，就只有那雙眼睛炯炯有神。
這名少女的綽號是真貞子。
而她的手正向我伸了過來……

「啊！」
我不由得整個人彈了起來。
我環視周圍，確認這裡是艾爾羅大迷宮內部。
沒錯，這裡不是我過去在日本就讀的高中教室，而是這個世界充滿魔物的迷宮。
剛才的夢到底是怎麼回事？
是某種暗示嗎？
自從來到艾爾羅大迷宮之後，我好像經常作奇怪的夢。
上次夢見前世，到底是多久以前的事情了呢？
就算我試著回想，也已經無法清楚想起大家前世的長相。
即使試著回想夏目的長相，腦海中也只會浮現出由古現在的臉孔。

甚至連自己的長相都變得有些模糊不清。

其中就只有真貞子的長相，讓我想忘也忘不掉。

我伸手握住尤利烏斯大哥遺留下來的白色圍巾，幫助內心恢復平靜。

我還能再多睡一會兒。

我得趕快回去睡覺，讓體力得以恢復才行。

雖然這麼想，結果我在那之後完全睡不著，就這樣過了一晚。

遭遇惡夢殘渣之後，我們的旅途順利到令人驚訝的地步。

拜剛完成進化的地龍把附近的魔物吃得一乾二淨所賜，我們沿路上幾乎不必跟魔物戰鬥，所以才能這麼順利。

魔物之所以如此稀少，八成不光是因為地龍，也是因為惡夢殘渣的緣故吧。

在那之後，我們完全沒有遇到惡夢殘渣。

然後，我們總算快要抵達艾爾羅大迷宮的出口了。

「縱穴？」

「嗯，沒錯。」

我複誦巴斯卡先生的話。

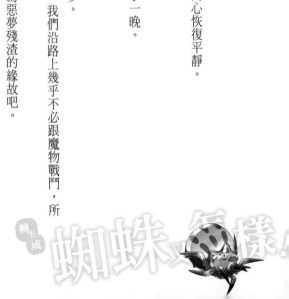

迷宮原本的出口八成會有帝國士兵駐守。

為了避開他們，我們就必須跟突破入口時一樣，從正規路線以外的其他出口離開迷宮。

而那個出口就是縱穴。

巴斯卡先生邊走邊說明。

「所謂的縱穴，就是指這個迷宮裡的好幾個巨大洞穴。據說只要沿著這些洞穴往下爬，就能抵達下層，但去過的人幾乎都沒能回來。根據為數不多的生還者的證言，縱穴底部塞滿了數不清的魔物，而且全是遠遠強過上層魔物的強力魔物。」

艾爾羅大迷宮還存在著許多謎團。

據說就連巴斯卡先生也只了解這個上層。

艾爾羅大迷宮下層——

那種危險地區，我根本不想去。

「而其中一個縱穴可以直接通往地面。那是過去被譽為這個迷宮的主人的神話級魔物——女王蜘蛛怪打穿的洞穴。」

傳說中，當我們還是嬰兒的時候，那隻被稱作惡夢的魔物似乎曾經跑到迷宮外面。

而女王蜘蛛怪也像是要呼應牠的行動一樣，擊碎岩層跑到迷宮外面。

然後就這樣展開破壞，轟飛森林，把山擊碎。

幸好那塊地區沒有人類居住，受到的損害似乎不大，不過當時破壞的痕跡，至今依然清楚地保留了下來。

雖然有點令人難以置信，但這些事情似乎都是真的。

只要想到那種怪物對人類居住的城鎮大肆破壞的後果，我就覺得毛骨悚然。

要是直接面對跟女王蜘蛛怪同樣有著神話級危險度的迷宮惡夢，就連巴斯卡先生這樣的戰士也會留下心靈創傷。

萬一我也遇到那樣的怪物，搞不好會嚇到腿軟。

「有一種名叫巨蜂怪的魔物在這個縱穴裡築巢。那是一種巨大的蜜蜂魔物。雖然每隻個體的實力並不強，但畢竟為數眾多。而且那可是個洞穴，如果想要通過那裡，就必須一邊攀爬斷崖絕壁一邊戰鬥。因為存在著這種危險，幾乎沒人把這裡當成出口使用。」

原來如此……

縱穴之所以沒被當成出口使用，也跟位於水龍地盤的海底入口一樣有著相應的理由。

話雖如此，但我們還有菲。

只要能騎在菲的背上，就能強行突破魔物的阻礙。

「事情就是這樣，麻煩妳了。」

「交給我吧。不過，請你們先轉過身去。」

在縱穴前方，我們背對著菲，默默等待。

菲脫衣服的聲音從身後傳來。

如果在變回竜型態之前沒有脫掉衣服，衣服就會被變大的身體撐破。
因此她必須把衣服脫光，但這裡可是迷宮，沒有更衣室那種方便的東西。
結果我們只好背對著她，讓她趁著這段期間變回竜型態。
但是她脫衣服的聲音讓我有種奇怪的感覺。
也許是注意到我的反應，卡迪雅摀住我的耳朵。
我好歹也是健全的男生，只是聽聽聲音應該無所謂吧。
雖然這麼想，但要是說出這種話，總覺得會惹她生氣，所以我也不敢抗議。
『讓你們久等了。』
菲發出念話。
回頭一看，菲已經變回竜型態了。
我們立刻騎到她背上。
雖然之前從來不曾想過，但在看過菲的人類型態之後，我才想到她原來也是女孩子，發現自己正騎在女生背上。
一旦注意到這件事，我的心情就變得有些不太平靜。
「不准有奇怪的妄想，請你搞清楚現在的狀況。」
卡迪雅看穿我的想法，趕緊出言警告。
呃……該怎麼說呢……

我也不是故意要對同伴想入非非。

可是，身為一個健全的男生，我實在沒辦法不去在意……

『可以不要在別人背上打情罵俏嗎？小心我把你們甩下去喔。』

「對不起……」

總覺得菲的口氣非常傻眼。

我重新上緊發條，讓菲載著我們飛行。

衝進縱穴之後，立刻就有無數蜜蜂飛了過來。

雖說是蜜蜂，但牠們的體型相當龐大。

雖然體型很大，但從鑑定的結果看來，能力值並不算高。

菲光是隨便揮舞一下尾巴和爪子，就能不斷擊落敵人。

我們也發出魔法，把飛來飛去的蜜蜂逐一擊落。

我連一點威脅都感覺不到。

但數量太多，實在是有點煩人。

『真是的，煩死人了！』

看來不是只有我這麼覺得，菲也發出不耐煩的聲音，同時緩緩張開嘴巴。

然後從口中噴出吐息。

那道吐息把整群蜜蜂全部化為焦炭。

雖然威力比不上女王蜘蛛怪擊穿岩層的那一擊，但是當吐息噴完時，蜜蜂的數量明顯減少了。

『我要一口氣衝上去嘍！』

菲在蜜蜂消失的縱穴中迅速上升。

然後左右兩側的岩壁消失不見，變成蔚藍的天空。

眼前是久違的外界景色。

睽違數日的陽光十分耀眼，讓我瞇起眼睛。

於是，我們成功走出艾爾羅大迷宮了。

6 游擊戰

我在中層過了幾天。

來決定今後的方針吧。

首先，放棄正面對抗老媽這樣的愚蠢策略。

即使我在進化之後得到不死這個技能，打不贏的敵人還是打不贏。

因為在能力值上處於壓倒性的劣勢，就算採用疊屍戰法也不會有太好的效果。

既然如此，那等待平行意識擺平老媽還比較實際一點。

而且D確實說過——

——不開玩笑了，我會祈求妳能戰勝她的。希望妳能活下去，繼續為我提供樂趣。

她要我想辦法活下去。

明明知道我擁有不死這個技能，她還是叫我想辦法活下去。

換句話說，就算擁有不死這個技能，還是可能喪命。

一定存在著某種密技，能夠殺掉擁有不死的傢伙。

如果不是這樣，我不認為D會說出那種話。

即使沒有那種密技，我也只是不會死掉，還是有可能受到封印。
要是被人用類似灌水泥的方法封印起來，我也無計可施。
看來還是把不死當成最後的保險會比較好。
這麼一來，我接下來該設法對付的敵人，果然還是那種人偶蜘蛛。
不過，我就連人偶蜘蛛也不可能在正面對決中戰勝。
雖然也能像對付亞拉巴時那樣耍些小手段，但勝算還是不高。
既然如此，就晚點再來對付那傢伙吧。
我要避開老媽和人偶蜘蛛，把目標鎖定為除此之外的蜘蛛軍團。
具體策略就是潛伏在上層，找機會把敵人各個擊破。
游擊戰開打啦！
雖然人偶蜘蛛可能不是只有上次那一隻，讓我覺得有點害怕，但只要在陷入危險時馬上轉移逃跑，應該還是會有辦法。
總之，我只需要採取消極攻勢爭取時間，等待平行意識擺平老媽就行了。
萬事拜託了，我的平行意識。
事情就是這樣，先逃離危機正在逼近的中層吧。
沒錯。雖然還有一段距離，但老媽出現在這個中層了。
我不能繼續待在這裡。

如果不是這樣，我當然想要一直躲在中層，但老媽不會允許這種事情。

把足不出戶的女兒趕出家門的老媽，簡直就是賢妻良母的典範。

我明白了，老媽。

我要出去一下。

事情就是這樣，我來到上層了。

蜘蛛型魔物不知為何多得異常的上層。

總覺得這跟我知道的上層好像不太一樣，而且這應該不是我的錯覺。

具體來說，就是到處都有蜘蛛型魔物出沒。

老媽那傢伙一定是在這邊產卵了。

一如其名，老媽所擁有的產卵這個技能，就是能夠產下蜘蛛卵的技能。

即使沒有交配的對象，也能透過單性生殖生下孩子。

我肯定也是這樣出生的吧。

雖然生下來的小蜘蛛會同類相食，還會因為弱小而被其他魔物吃掉，但這次出生的小蜘蛛全都受到老媽的支配，為了將我逼入絕境而團結一致。

老媽應該不認為這些傢伙有辦法殺掉我，而是想利用這些傢伙找尋我的蹤跡。

那我就故意讓她發現吧。

不過，別以為有辦法追上能靠著轉移自由自在到處移動的我喔。

事情就是這樣，開始狩獵蜘蛛啦！

剛出生的小型次級蜘蛛怪根本不足為懼！

我總覺得就算放著這些傢伙不管，牠們也會擅自死掉。

這些傢伙就跟過去的我一樣，實在太過弱小了。

太弱了！

牠們已經弱小到讓人難過的地步。

雖然不曉得老媽產卵一次可以生下幾隻孩子，但成功完成進化的可能只有一兩隻，甚至連一隻都沒有吧。

這麼一想，我才發現自己是生存率低於百分之一的嚴苛狀況的倖存者。

只不過，因為我還擁有生來就有的韋馱天這個轉生特典技能，所以不算是跟這些傢伙處於同樣的狀況。

想到自己在進化之前受到的苦難，我就悲從中來。

雖然有點同情在眼前跑來跑去的弟弟和妹妹們，但只要想到這就是弱肉強食的真理，我就改變主意開始虐殺牠們了。

什麼？我太過分？

要是不幹掉牠們，被幹掉的人就是我，所以這樣根本算不上過分。

當我開始消滅不斷跑出來的小型次級蜘蛛怪之後，注意到這場騷動的成年體蜘蛛怪便趕過來了。

我當然是把牠們也一併解決掉。

雖然進化成成年體蜘蛛怪之後，能力值就會一口氣提升，但仍然敵不過現在的我。

至少也得擁有上級蜘蛛怪級別的實力，才有辦法當我的對手。

畢竟就算是上級蜘蛛怪，如果沒有發生奇蹟的話，應該也打不過我。

雖然當我第一次在下層見到上級蜘蛛怪時受到不小的震撼，但我現在的實力已經凌駕在其上，連我自己都嚇了一跳。

當我一邊如此感概一邊忙著虐殺敵人時，探知技能發現到急速接近的敵人。

對方有著迅速逼近這裡的驚人速度，以及跟人類差不多大小的體型。

毫無疑問是人偶蜘蛛。

在察覺這個事實的瞬間，我立刻一邊建構轉移魔法的術式，一邊往人偶蜘蛛衝過來的反方向逃跑。

然後在被追上之前發動轉移，離開該地。

周圍的景色瞬間改變，我來到差點被老媽殺掉的迷宮外面。

如果只是待在迷宮裡面，我可能遲早會無路可逃，所以才要趁現在擴展在外面的行動範圍，增加能夠轉移的地點。

事情就是這樣，在風頭過去之前，我就在外面稍微閒晃一下吧。
等到過了一天之後，我再轉移回去上層，重新開始獵殺蜘蛛。
不斷重複這個動作。
我連續好幾天照著這個流程行動，順利地狩獵迷宮裡的蜘蛛，交出總共解決一隻超級蜘蛛怪、六隻上級蜘蛛怪和一大票其他蜘蛛怪的成績單。
其中又以成功解決一隻超級蜘蛛怪這個戰果最為重要。
不管怎麼說，超級蜘蛛怪現在依然算是強敵。
只有一隻的話還有辦法對付，但要是同時對付超過兩隻，我的勝算就會急速降低。
我不曉得還有幾隻蜘蛛怪，不過就算只有擊敗一隻，也是很豐碩的戰果了。
在觀察不斷來襲的人偶蜘蛛之後，我發現了一件事，那就是那傢伙似乎只有一隻。
畢竟每次都是同樣的個體前來襲擊，老媽也不可能在這種關頭還保留戰力，所以應該不會還有第二隻。
如果連這都是老媽的策略，第二隻在我掉以輕心的時候才現身的話，我就真的無計可施了。
要是老媽真的做到那種地步，那我也只能乖乖認輸。
不過，我不認為牠有辦法在那種絕佳的時機派出第二隻人偶蜘蛛，也很可能根本沒有那種傢伙存在。
雖說只有一隻，我現在也只能逃跑。

因為一直在狩獵蜘蛛，我的等級提升了幾級，但能力值上的差距並不會一口氣縮短。
如果能夠擊敗老媽，人偶蜘蛛說不定就會放棄追殺我……雖然希望渺茫就是了。
我反倒覺得老媽被擊敗的怨念，會讓那傢伙變得更執著。
只要這麼一想，我就發現自己遲早必須想辦法擺平這個問題，但目前還想不到什麼好主意。
總之，我現在只能一邊躲避老媽和人偶蜘蛛，一邊削減敵人的其他戰力。
在迷宮內部的情況大致上便是如此，而我在迷宮外面的攻略進度，則是已經抵達海邊。
雖然我現在正沿著海邊移動，但遲遲沒有抵達人類居住的村子或城鎮。
只要繼續沿著海邊前進，我遲早會抵達港口或漁村，等到實際發現那種地方之後，再來考慮該怎麼辦吧。
不過，我想我應該會直接繞過吧。
我依然無法跟平行意識取得聯絡。
不過，我能感覺到彼此之間的聯繫，所以她們應該沒被解決掉。
我相信她們肯定還在奮戰。
只要平行意識能夠擊敗老媽，情況就會好轉許多。
在此之前，我必須一邊削減敵人的戰力，一邊避免被敵人擊敗。
只要繼續爭取時間，老媽一定會倒下。
目前為止，一切都還在我的計畫之中。

情況可說是一帆風順。

就算有個萬一，我也還有不死這個保險。

我太大意了。

即使我自認沒有掉以輕心，但警覺性還是不夠。

因為此時的我還不知道。

我原本以為D口中的「她」是指老媽。

完全沒想到，有其他敵人即將來到我面前。

S6 世界的真相

「承蒙您的照顧了。」

我們向巴斯卡先生低頭道謝。

穿越艾爾羅大迷宮後，我們在巴斯卡先生的據點住了一晚。

然後，隔天早上就立刻啟程，前往妖精之里。

我們要在這裡跟巴斯卡先生道別了。

「不客氣。」

說完，巴斯卡先生點了點頭。

「可是，把地龍身上的素材全都給我真的好嗎？賣掉的話，可是一筆大錢喔。」

「當然可以。畢竟我們還在趕路，沒有餘力帶走那些東西。您就把那筆錢當作照顧我們得到的報酬吧。」

「那我就不客氣地收下啦。」

巴斯卡先生咧嘴一笑。

「巴斯卡先生，如果……」

「小子，我只是個領路人。」

巴斯卡先生打斷了我的話。

那是對於我即將說出口的話語的回答。

巴斯卡先生是身經百戰的戰士。

我在艾爾羅大迷宮裡充分體認到這個事實。

而且豐富的經驗，還讓他擁有出色的判斷力。

老實說，我希望他能陪伴我們走完接下來的旅程。

然而巴斯卡先生拒絕了我。

「領路人的工作就只有領路。更何況我已經退休了，接下來可沒有老人出場的餘地。」

說完，巴斯卡先生笑了出來。

不過他很快就斂起笑容，用認真的表情說道：

「小子，這只是我的直覺，我總覺得不久之後將會發生驚天動地的大事件。這毫無根據。只不過，最近幾年一直有種揮之不去的不安糾纏著我。你被捲入的這場騷動說不定就是前兆。」

確實如此。

不光是由古那件事。

人族與魔族之間的大規模戰爭。

勇者的世代交替。

最近的世界變化非常激烈。

「希望我幫你們領路這件事，能讓世界的未來變得更好一些。如果這個願望能夠成真，就是我這個領路人最大的榮幸了。」

巴斯卡先生向我伸出手。

「我會盡全力實現這個願望。」

我緊緊握住那隻手。我們兩人熱情地握手。

「我的任務就只有帶領你們走出迷宮。但是，你的任務應該更加重大吧？加油。」

巴斯卡先生的鼓勵，讓我得到莫大的勇氣。

告別巴斯卡先生後，我們繼續踏上前往妖精之里的旅程。

我們騎在菲的背上飛了兩天。

抵達位於沙利艾拉國邊境的城鎮。

菲在走進城鎮之前變回人型，還披上寬鬆的披風，隱藏翅膀。

她先讓翅膀緊緊包覆住身體，然後才用披風蓋在上面。

如果不這麼做，菲的翅膀會太過引人矚目。

雖然這個世界充滿奇幻風格，但沒有獸人之類的種族。

因此當然也不會有長著翅膀的人種。

如果穿著披風，還能假裝是旅人的服裝蒙混過關。但要是被人看見那對翅膀，肯定會被冷眼相待或是引來好奇的視線。

雖然我如此推測，但情況似乎比我想像中還要糟糕。

「沙利艾拉國是信奉女神的國家。然後，傳說中的女神擁有白色翅膀。要是菲同學的翅膀被人看見，天曉得會受到什麼樣的對待。」

就是這麼回事。

根據老師的說法，在最糟糕的情況下，我們可能會被當成模仿女神的不敬之徒，受到這裡的人民襲擊。

雖然情況八成會正好相反，菲可能會受到信徒的崇拜，但我們跟這些人的價值觀並不相同，所以老師也無從判斷。

沙利艾拉國是信奉女神教的國家，擁有獨特的價值觀。

因為這個緣故，這個國家跟神言教的關係不是很好，過去甚至曾經交戰。

雖然我本人並不是神言教徒，但每一代的勇者都處於神言教的管理之下。

萬一我是勇者這件事曝光，很可能會把我們捲入不必要的紛爭。

我只能盡量讓自己別太引人矚目。

雖然菲會覺得不太好受，但是待在這個國家的期間，就只能請她多加忍耐了。

因為現在的我，無論如何都無法信任這個世界的宗教。

「這個世界是神創造出來的遊戲世界。」

那是我們出發前往妖精之里的前一天發生的事。

拋出這樣的開場白後，老師開口說道：

「首先，在前往妖精之里前，我想要先把我們的真實身分告訴哈林斯先生和安娜小姐。俊同學和卡迪雅同學同意嗎？」

既然特地詢問我和卡迪雅的意見，就表示她打算說出我們是轉生者的事情。

我立刻點頭同意，但卡迪雅似乎不太情願。

「那種事情跟妖精之里有關係嗎？」

「是的，我必須從這件事開始說明。」

面對卡迪雅的問題，老師毫不猶豫地如此斷言。

老師的態度讓卡迪雅思考了一下，最後總算點頭。

「我、俊同學、卡迪雅同學和菲同學都擁有前世的記憶，是從其他世界轉生到這個世界的轉生者。」

起初，老師的話語讓哈林斯先生和安娜都露出不明所以的表情。

幸好這個世界也有輪迴轉世的概念，老師再次說明之後，他們很快就理解了。
「經妳這麼一說，確實讓我想通了幾件事情。」
哈林斯先生如此說道。
「但是，岡小姐，這跟妳剛才所說的話有什麼關係？」
「跟妖精族的目的和我的願望有關。」
對於哈林斯先生的問題，老師如此回答。
「首先，我已經跟俊同學他們說過了，妖精族一直在保護轉生者。至於其中的理由，則是因為這能同時達成我的願望和妖精族的目的。我的願望當然是確保轉生者們的人身安全。大家都知道，這個世界存在著魔物，也存在著與人族敵對的魔族，是非常危險的世界。我們原本身處的世界很和平。正因為如此，所以我們不習慣鬥爭。想要在這個世界活下去，對於我們這些轉生者來說非常困難。為了幫助這樣的大家，讓大家都能夠安全地生活，我才會讓他們住在妖精之里加以保護。」
這件事應該沒有她所說的那麼容易。
在毫無線索的情況下，找出分散在世界各地的轉生者。
而且還是在老師口中的危險世界。
當我還在悠哉地度過童年時，老師已經在世界各地奔走，努力找尋轉生者了。
那趟旅程肯定比我想像中還要艱難。

這點從她出色的魔法能力就能看得出來。

「這就是我的願望，但妖精族的目的有點不太一樣。為了避免轉生者被跟他們敵對的管理者利用，妖精族才會出手幫忙，而所謂的管理者就是神。」

雖然事情的規模突然變大，但我發現這樣就能接上老師剛才的開場白了。

「這麼問可能有點突然，你們覺得能力值到底是什麼？」

「不就是表示強度的數值嗎？」

「沒錯。那你們覺得為什麼會有那種東西？」

「因為神言之神創造出來的世界就是這樣。」

老師不斷發問，而哈林斯先生也逐一加以回答。

但是，我和卡迪雅都發現老師這時候問這些問題的意義了。

原本就出生在這個世界的人，應該不曾懷疑過吧。

不曾懷疑能力值的存在意義。

因為打從他們出生，這種東西就理所當然地存在著。

但是我們轉生者都記得那個沒有能力值的世界。

記得能力值這種東西的存在，反而讓人覺得不可思議的那個世界。

「沒錯，能力值是神創造出來的東西。那你們知道神為什麼要創造出那種東西嗎？」

哈林斯先生無法回答這個問題。

「在我們原本生活的世界，根本聽不到神言這種聲音，也沒有等級、能力值和技能。雖然只要努力就確實能夠提升能力，但成果不會化為肉眼能夠看見的數值。對於我們轉生者而言，等級、能力值和技能都是非常不自然的東西。」

老師這番話似乎讓哈林斯先生大吃一驚。

他應該想不到，至今一直被自己視為理所當然的東西，在其他世界會被當成不自然的存在。

「不管是等級、能力值還是技能，原本都是世界所不需要的東西。即使沒有那些東西，有些世界依然能夠照常運作就是最好的證據。」

沒錯，就算沒有那些東西，地球上的人們依然能夠生活。

到了這個地步，我總算有點明白老師為什麼要說這些話了。

也就是說，名為管理者的傢伙創造出等級、能力值和技能這些東西，是為了用於某種用途。

這大概就是老師想說的話吧。

「老師，神創造出那些東西的目的是什麼？為了讓人們戰鬥嗎？」

卡迪雅似乎得到跟我一樣的結論，才會拋出這個問題。

可是卡迪雅想得似乎比我還要遠。

為了讓人們戰鬥。

我還沒想到這點。

但經卡迪雅這麼一說，這個世界的技能確實全都跟戰鬥有關。

彷彿是在叫人戰鬥一樣。

「沒錯。在這個世界中，只要一直戰鬥，等級、能力值和技能就會不斷提升。然後，要是在戰鬥中輸掉就會死。戰鬥的次數越多，死者的數量也會隨之增加。」

這不是理所當然的事情嗎？

戰鬥的次數越多，死者的數量當然也會越多。

我不明白老師為何要說明這種不用說也知道的事情。

「然後，生物在生前鍛鍊得到的力量，就會在死後被管理者回收。」

從老師口中得知的情報，完全超乎我預料。

根據老師前面所說的話，不難推測出這正是管理者創造出等級、能力值和技能的目的。

雖然不難推測，但這事情實在太過誇張，讓我一時之間無法相信。

「為了用這種方式得到力量，管理者才會讓人們互相鬥爭。尤其是讓人族與魔族互相鬥爭。而管理者所指名的雙方代表者就是勇者與魔王。老實說，當我聽說這次的勇者是俊同學時，整個人差點昏了過去。」

突然被老師提到，害我心臟猛然一跳。

勇者是管理者指名的人族代表？

而且還是為了讓人族與魔族戰鬥而存在？

「老師，這份情報的可信度有多高？」

卡迪雅會這麼問也是情有可原。

雖然老師的話並不矛盾，但這種跟童話沒兩樣的事情，不管要怎麼硬拗都行。

「這是妖精族自古流傳下來的傳說。」

「這傳說真的有可信度嗎？」

也難怪卡迪雅會發出既傻眼又困惑的感嘆。

就算妖精族自古以來就一直相信這個傳說，也不代表那就是事實。

「老實說，我也不曉得這個傳說是不是事實。不過，自稱管理者的傢伙確實存在。因為我親眼見過管理者的部下。而且妖精族是發自內心相信這個傳說，甚至不惜自願冒著危險出面保護轉生者。」

既然老師親眼見過管理者的部下，那管理者應該真的存在吧。

但是，妖精族相信那個傳說跟自願保護轉生者這兩件事情到底有什麼關聯？

像是要回答我的疑惑一樣，老師開口了：

「轉生者打從出生就擁有強大的技能，以及大量的技能點數。只要活用這些優勢，轉生者應該都能變得相當強大吧。就像我們這樣。」

老師看著我和卡迪雅這麼說道。

我和卡迪雅還有不在場的菲確實打從出生就擁有技能，還有大量的技能點數。

我們已經親自證明，只要活用這些優勢，就能比其他人更快成為強者。

「然後，這些力量會在我們死後被管理者奪走。妖精族並不樂見此事發生，所以不希望轉生者得到力量。因此，他們才會把轉生者集中起來加以隔離，讓他們沒辦法鍛鍊技能和能力值。」

真不知道妖精族為何不惜做到這個地步，也不希望讓管理者得到力量。

甚至寧願挑戰把世界各地的轉生者集中起來這樣的難題。

「這不就表示，我們搞不好會在得到力量之前就被妖精族收拾掉嗎？」

卡迪雅的問題讓當時的我倒抽一口氣。

仔細想想，就算妖精族會那麼做也不奇怪……不，他們那麼做還比較自然。

從老師的話聽起來，妖精對管理者懷有相當強的敵意。

如果擔心轉生者未來會變得強大，與其把他們隔離起來加以監視，倒不如直接解決掉來得輕鬆。

在卡迪雅說出這句話之前，我甚至沒發現這種可能性。

「這點你們大可放心。因為在族長波狄瑪斯一聲令下之後，妖精族已經決定讓轉生者活下去。雖然我也不曉得波狄瑪斯為何要放轉生者一條生路就是了。」

當我們逃離王城時，波狄瑪斯就已經被蘇菲亞殺掉了。

雖然波狄瑪斯身為妖精族的親善大使長期待在王國，但我還是頭一次聽說他是妖精族長。

從老師的說法聽起來，妖精族長應該擁有相當大的權力。

在他已經死去的現在，我們無從得知他的真正想法，但他似乎選擇讓轉生者繼續活下去。

「波狄瑪斯心裡應該也打著某種如意算盤吧。他是理性主義者，我不認為他會因為同情而選擇放過轉生者。」

老師似乎相當清楚波狄瑪斯的為人。

這也是理所當然的事情，因為他就是老師的父親。

「俊同學，你不需要擺出那種表情。波狄瑪斯確實是我的親人，但我跟他之間並沒有親子之情。我們只不過是互相利用罷了。所以，我並沒有感到太難過。雖然這可能是我太薄情了。」

我不知道當時的自己露出什麼樣的表情。

在我眼中，一臉困擾地露出苦笑的老師，無論如何都像是在勉強自己。

「回到原本的話題吧。妖精族的宿願就是擊敗管理者。為了達成這個願望，他們打算先阻止人族和魔族之間的戰爭，設法讓雙方和平共處。只要沒有戰爭，人們就不需要互相爭鬥，也不需要鍛鍊技能和能力值。這麼一來，管理者得到的力量就會減弱。對於人族來說，這樣的計畫聽起來可能太過遠大，不過妖精很長壽，擁有足以執行這個計畫的時間和耐心。而這個計畫似乎也頗為順利，還成功地讓前任勇者和魔王停止爭鬥。可是……」

老師繼續說了下去。

「他們倆人在不知不覺間失蹤了。妖精族認為那是管理者幹的好事。然後，這一任的魔王八成跟管理者有所勾結。若非如此，她根本沒必要掀起這場大戰。因為這麼做對魔族沒有好處。」

我忘不了哈林斯先生當時的表情。

既像是憤怒，又像是痛苦，不屬於任何一種情緒的表情。

哈林斯先生參加了那場戰爭。

然後，包含尤利烏斯大哥在內的所有同伴，全都在他眼前喪命。

如果那場戰爭只是管理者為了取得力量而引發，他應該很難接受吧。

我也無法接受尤利烏斯大哥為了那種無聊理由而死的事實。

正因為無法接受，我不想相信老師所說的話。

難道不是這樣嗎？

大哥比任何人都希望世界和平。

如果老師所說的話屬實，那大哥所背負的勇者稱號，就等於是戰爭的旗手。

大哥是為了終結戰爭而拿起劍。

儘管如此，老師這番話卻打從根本否定了他。

而且真心希望和平的大哥的力量，還會被強迫世界陷入戰亂的管理者奪走。

我不可能容忍那種事情。

絕對不能容許。

我不能容許那種踐踏大哥信念的傢伙。

如果老師所說的話屬實，那我應該無法容許管理者的存在吧。

哈林斯先生肯定也得到了跟我一樣的結論。

所以他才會露出複雜的表情。

「之前我不在學校的時候，都是去協助妖精族進行避免戰爭的活動。雖然彼此的目的並不相同，但妖精族畢竟是幫助我保護轉生者的恩人。不過那些活動沒能成功，戰爭還是發生了。」

「原來如此……」

老師很少到學校上課。

這就是真正的原因。

雖然沒有告訴我們具體的活動內容，但身為老師的她，應該也不想讓學生知道自己有多麼辛苦吧。

「我想，妖精族的活動應該全在管理者的掌握之中。因為暗中協助妖精族的魔族被收拾掉了。然後這次事件的目的，應該就是解決掉波狄瑪斯，並且排除協助妖精族的俊同學父王和列斯頓吧。」

「等一下！這次的事件不是由古引發的嗎？」

老師的說法，簡直像是管理者就是引發這次事件的幕後黑手。

而老師對此也表示肯定。

「由古同學……不，由古確實是整個事件的始作俑者。可是，我覺得由古八成只是受人利用。蘇菲亞同學在他身邊就是最好的證據。」

實力徹底壓過我們的那位少女。

老師說出了她的真實身分。

「她的名字是蘇菲亞・蓋倫，前世的名字是根岸彰子，也是投靠管理者的其中一位轉生者。」

Filimøs Harrifenas

菲莉梅絲·帕菲納斯

　　她的本名是菲莉梅絲·帕菲納斯，是妖精族長波狄瑪斯·帕菲納斯的女兒，同時也是擁有身為日本高中老師的前世記憶的轉生者。前世的名字是岡崎香奈美。轉生前是擁有岡姊這個暱稱的古文老師。轉生後的她，從小就開始進行保護前世學生的活動，成功把許多轉生者帶到妖精之里加以保護。可是她的行動充滿謎團，還隱藏了許多祕密，才會受到卡迪雅懷疑。比起今世的本名，更常被人稱呼為老師或岡姊。

「岡姊」

幕間　神的走狗

一名美女露出憂鬱的神情，眺望著馬車外面快速變化的景色。

坐在對面的蘇菲亞．蓋倫的身影，讓身為同性的我都差點移不開視線。

雖然就實際年齡而言，她還只是一名少女，但因為身上自然散發的魅力，讓她給人成熟的印象。

從那種容貌與氣質看來，就算說她是魔性之女也不為過。

我實在不認為她是與我同齡的少女。這是我發自內心的感想。

可是，很少有人知道她的個性其實意外地有些幼稚。

她是那種只要能讓自己覺得有趣，就不會在意其他事情，就某種意義上來說是最任性妄為的傢伙。

她可能繼承了主人的缺點吧。

雖然她眺望車外風景的身影美得像是一幅畫，腦袋裡想的肯定是「好無聊喔」之類的小事。

她任性奔放，而且欠缺思慮。

然而，就只有實力強得驚人。

難搞到極點——根本就是專門用來形容她的話語。

也許是看穿我內心的苦澀，蘇菲亞轉頭看了過來。

「怎麼了嗎？」

「好無聊喔。」

看來我的想法並沒有被她看穿。

但就算跟我抱怨無聊，我又能怎麼樣？

「忍耐一下吧。」

「呼……比起坐這種慢吞吞的馬車，我自己走路還比較快。」

「想下去走路的話，就請自便吧。」

隨便一句話打發掉她之後，她馬上毫不掩飾地板起臉。

真是幼稚。

就連自己走路還比較快這樣的想法都幼稚到讓人傻眼的地步。

我們現在正隨著由古王子率領的帝國軍隊一起進軍。

在進軍——也就是跟軍隊一起行動的途中，就算是擔任客將的我們，也必須跟其他人保持同樣的步調。

然而，這傢伙居然會有自己走路比較快這樣的想法。

她獨自行動的速度確實會比較快。

可是，就算讓她一個人先走，結果還是得等到軍隊抵達目的地才能展開行動。
難道她連這種道理都不明白嗎？
「妳討厭我對吧？」
「那當然。」
問這什麼蠢問題。
我想也不想就立刻回答，讓她再次板起臉。
她完全不知道，因為她那種幼稚個性的緣故，我到底吃了多少苦頭。想到這點就讓人火大。
話雖如此，但我也不夠成熟，沒辦法控制自己的感情。
雖然我盡量不讓想法表現在臉上，卻無論如何都壓抑不住內心的感情。
看來我還得繼續提升自己。
難道主人派我來監督她，還包含了這個目的嗎？
不，就算是主人，應該也不會為了這點小事就把這個重責大任交給我。
「請妳更認真一點。我們可不是來玩的。」
「這我當然知道。知道歸知道，但無聊就是無聊嘛。」
會這麼說，就表示她根本不知道。
「就算有這樣的想法，妳也不能說出來。妳不覺得這樣很對不起在車外行軍的大家嗎？」
雖然我們是坐在馬車上移動，但在車外行軍的士兵都是用走的。

雖然其中也有騎在騎獸上的騎士，但絕大多數的士兵都是步兵，不但穿著沉重的鎧甲，還得拿著武器走路。

要是坐在馬車上的傢伙還抱怨無聊，不用想也知道會惹人厭吧。

「瓦魯多大人也正在認真工作，我們可不能在這裡胡鬧。」

我們的同伴瓦魯多大人就待在由古王子身旁。

瓦魯多大人的任務是監督由古王子，確認他有沒有照著我們的想法行動。

「妳說他啊……他只是在彌補上次的失敗，不用管他啦。他拚命想要挽回失敗的模樣，還真是可愛呢。」

「……妳可別在他本人面前說這種話喔。」

因為瓦魯多大人是真的很拚命。

至於他上次的失敗，則是在勇者一行人逃亡的時候，他被竜的吐息燒傷了。

我們原本就打算放勇者一行人逃跑，所以這完全算不上是問題，但只有自己受傷這個事實，對他來說已經算是失敗。

更何況，那還是在自己喜歡的人面前發生的事情。

為了盡量拉回那女孩對自己的評價，他主動接下麻煩的任務，表現得像是隻忠犬，結果反倒讓我對他的好感度下降了。

從剛才那番話聽來，那女孩對他的好感度似乎沒有上升也沒有下降。

也許她沒有把他當成戀愛的對象吧。

我從來沒有談過戀愛，所以對這些事情也不是很懂。

「不過那頭竜也是轉生者，我覺得就算打輸也不需要引以為恥。」

當我們跟勇者一行人戰鬥時，有一頭白竜從旁插手。

根據主人的說法，那頭竜也是轉生者。

既然親眼見過對方的蘇菲亞敢這麼斷言，那應該不會有錯。

「即使如此，戰敗的時候還是會懊悔吧。妳也稍微體諒一下瓦魯多大人不想在喜歡的女生面前丟臉的心情吧。換作是妳，就算對方是轉生者，妳戰敗的時候也會感到懊悔不是嗎？」

轉生者確實是蘊含著成為強者的可能性的天才。

只要看到在我面前的蘇菲亞，就能明白這個事實。

因為她也是轉生者。

可是就算這樣，我也沒辦法告訴自己「就算輸給她也是沒辦法的事」。

「說得也對。」

蘇菲亞也有著不服輸的個性，所以很乾脆地同意了我的觀點。

「要是在那個情況下跟勇者戰鬥，妳會贏嗎？」

雖然算不上突然，但話題被轉移了。

而且還是轉往我不希望的方向。

「我大概會輸吧。我只是從遠處牽制他的行動。要是演變成一對一的戰鬥，我的勝算應該不高。」

跟勇者戰鬥時，我負責從遠處用戰輪牽制他的行動。

當時的勇者一手抱著失去意識的女性，還在被士兵包圍的情況下避開我的攻擊。

雖說我也只打算牽制，沒有認真發動攻擊，但他能夠撐過那種戰況的身手依然值得讚許。

如果要跟做好萬全準備的他正面交戰，我只能認為自己勝算不高。

雖然勝算並不完全等於零就是了。

「呵……妳承認自己打不贏？」

蘇菲亞的臉上浮現出不懷好意的笑容。

就是因為這樣，我才討厭她。

「戰力分析本來就必須精確無誤。不能給自己過高的評價，也不能給對手過低的評價，應該做出公正的判斷。」

「不過，妳很懊悔對吧？」

「不行嗎？」

對，我承認。

我承認自己不如勇者這個事實，令我感到懊悔。

可是，被這個女人說出這個事實更是令我火大。

「我沒有說不行啊。不管是任何人，打輸的時候都會懊悔嘛。再說……」
她用妖豔的雙唇繼續說了下去：
「這樣我才能看到妳那張不爽的臉。」
「妳也討厭我對吧？」
「那當然。」
真是個令人火大的傢伙。

7 魔王來襲

我在海上隨波逐流。

耀眼的太陽。

藍色的大海。

看到這樣的景象，任誰都會想要游泳吧。

雖然我懷著這樣的衝動跳進海裡，卻發現自己的蜘蛛身體只會浮在水上，似乎不會沉下去。

拜此所賜，我沒辦法正常游泳，頂多只能像這樣漂浮。

總覺得跟我想的不太一樣。

這樣不就跟套著游泳圈漂流一樣了嗎？

只要努力一下，我姑且還是能夠潛入水中。

不過只要稍微放鬆精神，就會一口氣浮上海面。

這可算不上是游泳。

如果是前世的我下海游泳，就能讓大家見識一下不遜於人魚公主的曼妙泳姿了啊！

……對不起，我說謊了。

前世的我頂多只能贏過土左衛門罷了（註：「土左衛門」是一位死於溺水的相撲力士，所以後人經常把他的名字拿來代表浮屍）。

不准小看體育白痴！

別說是大海了，我連游泳池都沒有下去過幾次！

碧海藍天。

連我的心也被染成憂鬱的藍色。

這也未免太扯了吧……

而且當我在水面上漂浮時，還被襲擊了。

被長得像是超大型鯊魚的水竜襲擊。

不過我反過來把牠們全部殺光，讓周圍變成了一片血海。

那些血水似乎引來其他鯊魚，害得我周圍有數不清的鯊魚鰭在繞來繞去。

因為懶得陪牠們慢慢玩，我用魔法亂轟一通，把血海變得更加遼闊，然後才回到地上。

我到底在幹嘛啊？

因為這陣子每天都在跟蜘蛛軍團廝殺，我才會想要稍微放鬆一下。

結果卻變成水竜虐殺秀。

我好像殺太大了。

蜘蛛對鯊魚，根本就是B級片的題材嘛。

我明明只想放鬆身心，結果只是在浪費時間，反而讓精神變得更加疲憊。

不過，因為鯊魚還頗為厲害，我得到了不少經驗值。

拜此所賜，我的等級還提升了一級。

話雖如此，現在的我就算等級提升一級，實力也不會提升太多。

老媽就不用說了，就連人偶蜘蛛都遠遠強過我。

如果只論魔法方面的能力，我應該不會輸給人偶蜘蛛，但其他能力全都居於下風。

尤其是除了速度之外的物理相關能力，雙方的差距大到令人絕望的地步。

我到底該怎麼辦呢？

〔終於接上了！〕

嗚哇！

嚇死我了！

〔不好意思嚇到妳了，本體，快逃吧！〕

發生什麼事了？

好不容易才聯絡上闊別多日的平行意識之中的前魔法部長一號，她卻突然叫我逃跑。

我趕緊確認周圍的狀況，卻沒有看到老媽的身影。

也沒有看到人偶蜘蛛的身影，而且其他魔物連一隻都看不到。

周圍看起來好像沒有危險，這樣我還是該逃跑嗎？

﹇沒時間解釋了！雖然我很想這麼說，但簡單來說就是有個怪物正要過去找妳！﹈

咦！是老媽嗎！

﹇不是啦！我們都搞錯了。我們以為老媽就是頂點，但事情並非如此。還有比老媽更厲害的傢伙啊！﹈

咦？妳說什麼？

我聽不太懂。

比老媽那個大怪獸還要厲害？

世界上有那種傢伙嗎？

﹇就是有，而且現在正要過去找妳。﹈

雖然有些難以置信，但既然我變得能夠跟平行意識對話，就表示老媽為了找尋我的所在位置，故意修復了我們之間的聯繫。

這其中一定存在著某種用意。

而且消息的來源還是我自己。

要是連自己都不相信，那我還能相信什麼？

總之，我必須趕快逃跑。

不過這個決定下得太晚了。

也許我打從一開始就不可能成功逃掉吧。

「※※※※。」

一陣巨響傳來。

即使在這陣巨響中，那道聲音依然清晰到不可思議的地步。

儘管腦袋裡一片混亂，我內心冷靜的部分還是開始分析狀況。

有某種東西來到這裡。

而且沒有使用轉移魔法，純粹只是迅速移動過來。

巨響是那東西著地時發出的聲音。

直到剛才為止，在我看得見的範圍內明明什麼都沒有，卻有某種東西從範圍外瞬間移動過來，在著地時發出巨響。

速度快得令人難以置信。

讓人不由得懷疑，那傢伙是從戰力通膨的戰鬥漫畫裡跑出來，才會用那種足以摧毀常識的誇張方法一口氣出現在我眼前。

沒錯，在我眼前。

彷彿隕石墜落般的衝擊，光是這樣就讓我的身體受到極大的傷害。

儘管如此，出現在眼前的傢伙的誇張實力，還是讓我不得不無視受到的傷害。

《鑑定受阻。》

我立刻發動鑑定，卻只得到這樣的結果。

不過，我重新使用睿智的力量進行鑑定。

在感到些許阻礙後，我就突破阻礙，抓到鑑定成功的感覺了。

〈原初蜘蛛怪　LV139　名字　愛麗兒

能力值

HP：90098／90098（綠）+99999（詳細）

MP：87655／87655（藍）+99999（詳細）

SP：89862／89862（黃）（詳細）

：89856／89856（紅）+99567（詳細）

平均攻擊能力：90021（詳細）　平均防禦能力：89997（詳細）

平均魔法能力：87504（詳細）　平均抵抗能力：87489（詳細）

平均速度能力：89518（詳細）

技能

「HP超速恢復LV10」「MP高速恢復LV10」「MP消耗大減緩LV10」

「魔力精密操縱LV10」「魔神法LV10」「魔力附加LV10」

「魔法附加LV10」「大魔力擊LV10」「SP高速恢復LV10」

「SP消耗大減緩LV10」「破壞大強化LV10」「打擊大強化LV10」

「斬擊大強化LV8」「貫通大強化LV9」「衝擊大強化LV10」

「異常狀態大強化ＬＶ10」
「技能附加ＬＶ10」
「神龍結界ＬＶ10」
「毒合成ＬＶ10」
「神織絲」
「投擲ＬＶ10」
「聯手合作ＬＶ10」
「眷屬支配ＬＶ10」
「集中ＬＶ10」
「平行意識ＬＶ４」
「閃避ＬＶ10」
「隱蔽ＬＶ10」
「帝王」
「昇華」
「水魔法ＬＶ10」
「暴風魔法ＬＶ10」
「大地魔法ＬＶ10」

「鬪神法ＬＶ10」
「大氣力擊ＬＶ10」
「猛毒攻擊ＬＶ10」
「藥合成ＬＶ10」
「操絲術ＬＶ10」
「射出ＬＶ10」
「軍師ＬＶ10」
「產卵ＬＶ10」
「思考超加速ＬＶ６」
「高速演算ＬＶ10」
「機率大補正ＬＶ10」
「無聲ＬＶ10」
「鑑定ＬＶ10」
「外道魔法ＬＶ10」
「水流魔法ＬＶ５」
「嵐天魔法ＬＶ10」
「地裂魔法ＬＶ10」

「氣力附加ＬＶ10」
「神龍力ＬＶ10」
「強麻痺攻擊ＬＶ10」
「絲的天才ＬＶ10」
「念動力ＬＶ10」
「空間機動ＬＶ10」
「遠話ＬＶ10」
「召喚ＬＶ10」
「未來視ＬＶ６」
「命中ＬＶ10」
「隱密ＬＶ10」
「無臭ＬＶ10」
「探知ＬＶ10」
「火魔法ＬＶ８」
「風魔法ＬＶ10」
「土魔法ＬＶ10」
「雷魔法ＬＶ10」

「雷光魔法ＬＶ８」
「影魔法ＬＶ10」
「毒魔法ＬＶ10」
「重力魔法ＬＶ10」
「矜持ＬＶ５」
「簒奪ＬＶ８」
「物理無效」
「暴風無效」
「聖光抗性ＬＶ８」
「異常狀態無效」
「暈眩無效」
「疼痛無效」
「萬里眼ＬＶ10」
「神性領域擴大ＬＶ３」
「天動ＬＶ10」
「城塞ＬＶ10」
「韋駄天ＬＶ10」

「光魔法ＬＶ10」
「黑暗魔法ＬＶ10」
「治療魔法ＬＶ10」
「深淵魔法ＬＶ10」
「激怒ＬＶ９」
「休息ＬＶ９」
「火焰抗性ＬＶ９」
「大地無效」
「暗黑無效」
「酸無效」
「恐懼無效」
「痛覺無效」
「五感大強化ＬＶ10」
「天命ＬＶ10」
「富天ＬＶ10」
「天道ＬＶ10」
「禁忌ＬＶ10」

「聖光魔法ＬＶ２」
「暗黑魔法ＬＶ10」
「空間魔法ＬＶ２」
「大魔王ＬＶ10」
「暴食」
「墮淫ＬＶ４」
「水流無效」
「雷光無效」
「重力無效」
「腐蝕大抗性ＬＶ７」
「外道大抗性ＬＶ６」
「夜視ＬＶ10」
「知覺領域擴大ＬＶ10」
「天魔ＬＶ10」
「剛毅ＬＶ10」
「天守ＬＶ10」

技能點數：0

稱號

「人族殺手」「人族屠夫」「人族的天災」
「魔族殺手」「魔族屠夫」「魔族的天災」
「妖精殺手」「妖精屠夫」「妖精的天災」
「魔物殺手」「魔物屠夫」「魔物的天災」
「屠竜者」「竜族屠夫」「竜族的天災」
「屠龍者」「龍族屠夫」「無情」
「惡食」「食親者」「暗殺者」
「毒術師」「絲術師」「人偶師」
「統率者」「霸者」「王」
「古代神獸」「暴食的支配者」「魔王」
〉

老實說，要是不知道對方的身分就好了。

擁有「魔王」這個稱號的傢伙。

出現在我面前的少女，正是君臨所有蜘蛛的魔王。

「※※※※※，※※※※※※※。」

貌似少女的怪物親密地對我說話。

不過，我當然聽不懂這個世界的語言。

所以我完全無法理解魔王所說的話。

「※※※※※※※※※※※，※※※※※※※※※※※※※※※？」

她正在問我問題。

雖然我能理解話語中的意涵，卻聽不懂最重要的內容。

總之，為了爭取時間，我必須做出反應。

我微微歪頭，把腳舉到嘴邊，然後左右晃了幾下。

如果這樣能讓她知道我聽不懂她的話就好了。

對方似乎不打算二話不說直接開戰。

她嘗試跟我說話就是最好的證據。

「※※※。※※※※※※※※※※※※※※※※。」

雖然我這麼認為，但看來我的反應好像惹她不開心了。

魔王的樣子明顯出現變化。

從閒聊轉為準備開戰。

來不及發動轉移了。

如果能靠著對話稍微爭取一點時間，情況說不定會有所改變，但是在術式完成之前，我就會被殺掉。

話雖如此，我也沒有其他選擇。

對方的能力值遠遠強過那個老媽。

該有的技能一應俱全，而且幾乎全都封頂。

抗性更是可怕。

幾乎所有攻擊都對她不管用，這種怪物到底要怎麼打贏？

這根本沒辦法打嘛。

「※※※，※※※※※※※※※，※※※※。」

魔王揮了揮手。

光是這麼一揮，我的身體就被轟成碎片。

〔本體被幹掉了。〕

我這句話讓其他平行意識驚慌失措。

〔別擔心。雖然不曉得她耍了什麼花招，但既然我們沒消失，就表示她應該還沒死。〕

事實上，連我自己都很懷疑，為什麼我們沒有消失。

因此，我只能說出「應該沒死」這種模稜兩可的話。
就算本體真的死掉，有一半算是處於被切離狀態的我們，也有可能只是碰巧沒死。
這麼一來，現在的我們就是失去肉體的靈魂。
如果真的處於這種狀態之下，那我們不管什麼時候消失都不奇怪。
我無法預測系統會對這種不正常的狀態作何反應，只知道這個世界不可能會有幽靈這種東西存在。
這下子，我們到底該如何是好？

事情的發端是在跟本體失聯之後。
雖然在意本體的狀況，但除了定期確認通訊恢復的程度之外，我們就跟之前一樣忙著跟老媽的精神體戰鬥。
戰鬥進行得很順利。
戰況逐漸對我方有利，而且啃食老媽的精神體，似乎還提升了我們的實力。
我們的猜測應該是正確的。
老媽的精神體就是牠的靈魂。
而這個世界的能力值和技能，就算說是靈魂的力量也不為過。
只要啃食這樣的精神體，不但能夠削弱老媽的力量，還能把吃下去的力量據為己有。

拜此所賜，時間過得越久，戰況就對我們越是有利。
不過，老媽也並非對此毫無抵抗。
發現這件事的人是我。
老媽正在聯絡某人。
就像我們能夠聯絡本體一樣，老媽似乎也能透過技能的連結跟某人聯絡。
我並不清楚對方的身分。
不過，當時的我感到難以言喻的不安。
然後，我的不安成真了。
我透過老媽的視野看到那名少女。
明明沒有發動鑑定，我還是一眼就看出那傢伙是不得了的怪物。
我知道那名少女是比老媽高位的存在。
然後，為了找出我們的本體，老媽恢復了我們和本體之間的聯繫。
結果事情就變成這樣了。

事先警告本體絕對不是錯誤的決定。
不過，對方的實力實在太離譜了。
誰想得到，有人光是奔跑就能得到跟瞬間移動一樣的效果。

雖然我知道對方是怪物，但對方的實力依然遠遠超出我的預期。
別說是打贏了，就連想從那種怪物手中逃跑都不可能。
本體被幹掉，可說是必然的結果。
那一瞬間，我也已經抱有一死的覺悟。
不過，我們不知為何還沒有死。
雖然不曉得本體是死是活，但我們也只能賭她還活著了。
然後，如果本體還活著，那我們該做的事情依然沒變。
不，我們的工作反而增加了吧。
︹各位，仔細聽好。︺
我招集其他平行意識，說出自己的計畫。
︹我們要擊敗老媽，然後把目標轉往老媽的支配者。︺
我們能做的事情跟之前一樣，就是對精神體展開攻擊。
身為精神體的我們被外道無效這個技能所保護，不會受到任何干涉靈魂的影響。
既然如此，就算是比自己強大的傢伙的精神體，我們應該也能打贏。
即使對方是高不可攀的雲朵也一樣。
……其實是高不可攀的蜘蛛才對（註：冷笑話，日文裡的雲和蜘蛛同音）。
︹不曉得本體什麼時候會復活，還是永遠都不會復活了。正因為如此，我們才要完成現在力所能及的事！』

對於我的提議，其他平行意識並沒有表示反對。

S7 轉生者的現況

「獻上你們的技能吧！這才是救贖之道！」
上街採購食物的時候，到處都能見到高呼這種口號的人。
「沙利艾拉國是將管理者莎麗兒當成神明祭拜的國家。因此，我們還是盡量別跟他們扯上關係吧。」
老師小聲地這麼說，而我也表示同意。
我很懷疑那名大聲叫喊的男子的精神是否正常。
如果這是管理者們做的好事，那可真是讓人覺得不太舒服。
我並非完全接受老師的話。
不過，我也沒辦法加以否定。
再說，如果真的有名為管理者的超自然存在，那蘇菲亞的言行就能讓人理解了。
蘇菲亞曾經說出「主人」這兩個字。
還表現出彷彿在執行主人命令般的舉動。
那位主人，甚至能讓實力高強的蘇菲亞乖乖聽令。

如果那是在這個世界被當成神明祭拜的傢伙，一切就都說得通了。

就連蘇菲亞都打不過的我，有辦法對抗還要在她之上的傢伙嗎？

萬一那傢伙混在前去攻打妖精之里的軍隊中……

「獻上技能是什麼意思？」

為了揮開腦袋中的負面想法，我對老師說出內心的疑惑。

「據說有兩種意思。一種是用『消除技能』這個技能，把自己擁有的技能消除掉。」

「有可能辦到那種事情嗎？」

「有可能。『消除技能』是不需要技能點數就能取得的技能，可以花上幾天的時間慢慢消除技能。一旦成功發動，在消除所有技能之前絕對不會停下，所以沒辦法只消除想消除的技能。消除掉的技能當然無法復原，不過只要重新進行鍛鍊就能再次取得技能了。」

「這樣有意義嗎？」

聽老師這麼說，我實在搞不懂那種技能的存在意義。

失去技能對自己只有壞處。

雖說只要重新鍛鍊就能再次取得技能，但因此耗費的時間並不會回來，付出的技能點數也全都浪費掉了。

這就跟把自己慢慢累積起來的成果全都丟到臭水溝裡一樣。

「這就是把力量讓渡給管理者的方法啊。」

「啊……」

原來是這麼回事。

也就是說，人們就是用這種方法把自己鍛鍊累積的力量獻給管理者。

這就是「消除技能」這個技能的本質嗎？

「這麼說來……妳之前也是用這種方法消除由古的技能嗎？」

「是這樣沒錯，不過那算是一種密技。我能付出巨大的代價消除別人的技能。現在可以告訴你了，一旦發動那招，我也會失去幾個技能，之後還得昏睡好幾天。在最糟糕的情況下，我和對方都有可能會死，所以我不想再用那種危險的方法了。」

「原來如此……」

仔細想想，在那個事件之後，那隻疑似菲的父母的地竜來襲時，老師並沒有參戰。

原來她不是不願參戰，而是因為這個緣故無法參戰。

「當時我認為那是最好的做法，只要消除技能，就能讓驕傲自大的由古得到反省。至少我是如此相信。最重要的工作明明是在那之後好好地幫助他找回良心，但我卻疏忽了。結果就是現在這樣……我沒資格當老師。」

「錯不在老師身上。」

雖然算不上安慰，但我也只能這麼說。

錯的人是實際行動的由古。

「謝謝你。不過身為老師，我必須做個了斷才行。對於誤入歧途的前學生，這是老師最後的教育。」

老師眼中閃爍著昏暗的光芒。

她打算殺死由古。

我無法對此表示意見。

「那第二種呢？」

我轉移話題。

同時為只能這麼做的自己感到羞恥。

「第二種我也不太清楚，只聽說什麼獻上技能就能通往成神之路……」

「那才像是宗教的話語吧。」

「你說得對～」

聖職者在大街上呼喊。

我只想盡早逃離這個瀰漫著陰森氣氛的地方。

「俊，可以打擾一下嗎？」

晚上，當我準備要就寢時，卡迪雅帶著菲來到我的房間。

老師現在正前去會見妖精族在這個鎮上的合作對象。

我覺得應該找人陪她一起去，但老師說她一個人就足夠，便獨自出門了。

根據哈林斯先生的說法，那位妖精族的合作對象八成是黑社會的人。

而黑社會的人，基本上不會接見陌生人。

正因為如此，老師才會選擇獨自前去。

雖然我覺得讓老師一個人去拜訪那種可疑的組織有點危險，但哈林斯先生說這個世界不是只有光明面，所以我只能勉強同意讓老師獨自前去。

「怎麼了嗎？」

我隱約察覺她們是故意挑老師不在的時間來找我。

她們八成是要談不希望被老師聽到的事情吧。

「哈林斯先生，不好意思，可以請你離開一下嗎？」

看來不光是老師，就連哈林斯先生都被排除在外。

「嗯，我知道了。那我就隨便找間酒館打發時間吧。」

「謝謝你。」

「別客氣。你們這些轉生者總是會有不希望被我這個外人聽見的話吧？」

善解人意的哈林斯先生只留下這句話就離開了。

「安娜呢？」

「我讓她待在房裡。」

哈林斯先生離開後，卡迪雅立刻解除大小姐模式，用日語說出粗魯的話語。

「哈林斯先生真是成熟穩重呢。」

菲一邊開玩笑，一邊跳到床上。

變成能夠睡在床上的人類型態這件事讓菲十分開心。

雖然以前體型還不大的時候，她經常霸占我的床並且在上面睡覺，但自從體型變大之後，她就一直睡在屋外。

能夠在久違的床上睡覺，似乎讓她相當滿足。

唯一的不滿，就是礙事的翅膀會讓她無法翻身。

「那……妳們想談什麼？」

「當然是關於其他轉生者的事情。」

卡迪雅鄭重其事地這麼說，然後在菲的身旁坐下。

她似乎打算坐下來慢慢談。

我也在卡迪雅的對面坐下，準備聽她說話。

「雖然沒有告訴你們，但我曾經向老師逼問過其他轉生者的狀況。根據老師的說法，在妖精之里接受保護的轉生者一共有十一名。包含我們在內，她成功接觸過的轉生者一共有八名。剩下的六名則是下落不明。」

我還隱約記得初次見到老師時，她也曾經這麼告訴過我。
「在成功接觸到的八個人之中，可以確定的就是我、俊、菲、由古和悠莉。我沒有問剩下的三個人是誰。到此為止應該沒問題吧？」
「沒問題。」
「問題在於下落不明的那六個人。聽說其中四人已經死了。」
卡迪雅的話語，讓我在一瞬間忘記呼吸。
我不是沒有想過這種可能性。
但實際聽到這個事實，還是讓我頗感震撼。
我曾經懷疑在這個受到魔物和魔族威脅的世界，轉生者有沒有辦法全部活下來。
在以往的對話中，可以隱約得知老師相當拚命地在保護我們這些轉生者。
這應該就表示情況危急到讓她不得不如此拚命吧。
既然如此，那是不是會有來不及得救的轉生者？
而答案已經由卡迪雅親口告訴我了。
「死掉的傢伙是林康太、小暮直史、櫻崎一成和若葉姬色。」
聽到最後那個名字後，菲猛然起身。
她跟若葉同學之間發生了不少事情。
菲曾經對若葉同學做出近似霸凌的行為。

菲的前世——漆原美麗長得就跟現在人化後的模樣一樣，是個引人矚目的美少女。

但若葉同學比她更加吸引別人的目光。

如果只有這樣，菲也應該不至於霸凌她吧。

不過，菲當時喜歡的學長喜歡若葉同學，才會讓她因為單方面的嫉妒心而展開霸凌。

內容不外乎是在若葉同學背後說她壞話，或是把她的東西藏起來，以霸凌來說還算是可愛的行為。

若葉同學也幾乎不以為意，才沒有把事情鬧大。

不過，霸凌就是霸凌。

轉生後的菲，似乎也對自己過去的行為感到懊悔。

在得知對方死去之後，我無法想像她此時此刻的心情。

「啊……抱歉。我一時之間想不到該說什麼。」

菲本人似乎也無法說出內心複雜的想法。

我一邊觀察著這樣的菲，一邊將視線移向卡迪雅。

其實卡迪雅也跟若葉同學有些交集。

卡迪雅曾經向若葉同學告白，結果受到拒絕。

她原本就不抱希望，就算遭到拒絕，也只笑著說「果然不行」，似乎沒受到太大的打擊。

但在得知過去曾經喜歡的人死掉時，不曉得卡迪雅到底有著什麼樣的心境？

「我記得卡迪雅對若葉同學……」

「你說我嗎？嗯……當然是有受到打擊啦。不過，該怎麼說呢……其實我總覺得沒有什麼真實感。」

確實如此。

我們並沒有親眼見到她死去的場面。

只有聽老師這麼告訴我們。

會覺得沒有真實感，或許也是理所當然的事情。

而且我們在這個世界度過的時間已經追上前世。

老實說，我甚至連前世同學的臉孔都想不太起來了。

雖然對交情比較好的傢伙還有印象，但如果不曾發生過令人印象深刻的事件，其他人的事情我早就忘光了。

在死掉的四人之中，雖然我跟若葉同學和櫻崎同學的交情算不上是好，但他們都在我心中留下了深刻的印象，所以我還記得。

不過，其實我已經快要忘記林同學的長相了。

「小暮啊……我只能想起他哭泣的表情。」

在死掉的四人之中，我跟小暮的交情最好。

他是個當上高中生後依然愛哭的傢伙，每次遇到一點小事情就會流淚。

「是啊。他是個連被老師點到都會哭出來的傢伙。真是懷念。」

就像我的記憶變得模糊一樣，菲應該也快要忘記沒有交流的同學了吧。

雖然小暮對我而言是忘不了的朋友，但對菲而言卻是聽到名字才想起來的同學。

這點讓我感到有些寂寞。

「我記得他哭得最慘的一次，好像是在被任命為生物股長的時候吧？」

「對，他說他絕對辦不到。再來就是遊戲機被老師沒收的時候。」

我們聊了小暮的大哭事蹟好一段時間。

「唉……要是小一還活著，夏目那個笨蛋說不定也不會變成這樣……」

菲嘆氣著並抱怨。

她口中的小一就是櫻崎同學吧。

櫻崎同學是由古的前世——夏目的兒時玩伴，也是唯一能夠制止他的人。

雖然夏目在前世時就是個性蠻橫的傢伙，但並沒有現在這麼嚴重。

正因為有櫻崎同學負責制止他，才沒造成太大的問題。

如果櫻崎同學依然待在由古身旁，未來說不定就不是這樣了。

「夏目知道小一死掉的事情嗎？」

「天曉得，說不定他曾經跟老師打聽過了吧。」

「若是這樣，他可能是聽到這消息才自暴自棄了吧。不管怎麼說，夏目都把小一視為獨一無

二的摯友。」

菲跟夏目和櫻崎同學的關係頗為親近。

看到現在完全失控的夏目，她應該也頗有感觸。

「到底為什麼……為什麼事情會變成這樣？大家以前在日本的時候，明明處得不錯啊……」

「因為我們轉生來到異世界了。任何人都會改變。由古只是碰巧往不好的方向改變罷了。」

「但是卡迪雅沒有改變。」

「你真的這麼認為？」

說完，卡迪雅注視著我，讓我心頭為之一震。

「俊……在你眼中的我是什麼樣子？」

「……什麼樣子？」

「你看到的是卡迪雅嗎？還是叶多？」

「咦？什麼意思？」

卡迪雅就是叶多，兩者應該沒有區別才對。

我不明白卡迪雅想說什麼。

「唉……算了。不曉得你是真心覺得我沒變，還是只是這樣告訴自己罷了。」

「呃……對不起……」

我不由得向心情看起來不太好的卡迪雅道歉。

不知道我做錯了什麼，聽到我道歉的卡迪雅露出更不開心的表情。

我沒辦法繼續看著她，只好別過視線。

結果看到拚命憋笑的菲。

「妳在笑什麼？」

卡迪雅質問這樣的菲。

「沒有啊，對於這件事情，我只是個旁觀者喔。」

菲露出不懷好意的笑容，卡迪雅則是一臉不悅。

現場的氣氛非常尷尬。

「然後呢？妳來找我，應該不是只為了說這些事情吧？」

為了改變氣氛，我試著轉移話題。

事實上，如果只是要把四名同學的死訊告訴我和菲，她沒必要故意挑老師不在的時候過來。

她肯定還想說其他不想讓老師聽到的話題。

「沒錯。對於老師那些話，你們兩個相信到什麼地步？」

儘管還有些不太高興，卡迪雅依然說出正題。

她所謂的老師那些話，是指跟管理者有關的事情嗎？

「相信到什麼地步啊……我覺得老師沒有說謊。那些跟管理者有關的事情也一樣，她只是說出『妖精族相信那些事情』這樣的客觀事實罷了。」

老師很肯定管理者這種出現在神話之中的人物是真實存在的。

不過，關於妖精族相信的管理者利用這個世界獲取力量的事情，老師也抱持著半信半疑的態度。

「也對，照理來說，都會覺得那些事情只是妄想吧。」

菲的想法似乎也跟我一樣。

「也就是說，雖然你們相信老師的話，但不相信妖精族所說的管理者的事情對吧？」

「正是如此。」

再說，如果管理者擁有奪取死者力量的能力，我不認為妖精族有辦法跟他們對抗。

如果那種擁有神明之力的傢伙真的存在，力量只跟人族差不多的妖精族根本束手無策吧。

妖精族確實比人族更長壽，也善於使用魔法。

但也就只有這樣。

他們並非遠遠強過人族。

儘管如此還想要對付管理者這種超越人類智慧的傢伙，根本就是不可能的事情。

「只不過，自稱管理者的傢伙應該是確實存在。即使沒有妖精族所說的那種能力，也擁有足以令人類畏懼的力量。」

這是我的結論。

老師說管理者絕對存在，而且身為其部下的蘇菲亞也真的出現了。

蘇菲亞的力量深不可測。

如果還有比蘇菲亞更加強大的傢伙，那應該十分足以讓人類畏懼了吧。

「菲的想法也跟俊一樣嗎？」

「嗯，差不多吧。」

「是嗎？」

聽到菲表示同意之後，卡迪雅閉上雙眼沉思了一下。

她似乎在猶豫該不該繼續說下去。

「你們兩個都相信老師對吧？」

下定決心的卡迪雅如此問道。

「卡迪雅不相信老師嗎？」

她沒有回答。

不過她臉上的複雜表情，將內心的糾結表露無遺。

「可以告訴我理由嗎？」

卡迪雅不可能毫無理由就說出不相信老師這種話。

只要看到她複雜的表情，就知道她不是只因為惡意就說出這種話。

卡迪雅應該也不想懷疑老師。

儘管如此，她還是在這個時候對我們提起這件事，就表示她心中有著足以懷疑老師的根據。

「老師對我們有所隱瞞。雖然沒有說謊，但也沒有說實話。她的說法給我這樣的感覺。」
我還以為卡迪雅會說得更為具體，沒想到會從她口中聽到這種曖昧不明的話。
她本人似乎也明白這點，說得有些含糊不清。
「那她隱瞞的事情是什麼？」
「要是知道答案，我就不用這麼費心了。不過，我覺得她肯定隱瞞了不能告訴我們的事情。因為儘管她表示要說出一切，但還沒說明的事情實在太多了。」
我也這麼認為。
不管是在妖精之里接受保護的轉生者的現況和身分。
還是沒有在妖精之里接受保護的其他轉生者的現況。
老師還沒有把這些關於轉生者的情報告訴我們。
「我也想認為老師之所以對我們有所隱瞞，是因為有必須這麼做的理由。但現在畢竟是這種狀況。就算大家同樣都是轉生者，也不能因為這樣就貿然相信對方，你應該明白這個道理吧？」
我明白卡迪雅想說的話。
由古和蘇菲亞明明也是轉生者，卻處於跟我們敵對的陣營。
而且卡迪雅八成是在暗指她自己被洗腦時的事情。
卡迪雅曾經被由古洗腦。
然後將劍指向我們。

卡迪雅是在暗示我，就連自己信任的人都有可能變成敵人。

「我沒有要你別相信她。不過，別太相信她。你要做好說不定會被她背叛的心理準備。」

卡迪雅的話語，重重地壓在我心上。

沒想到不得不懷疑自己信任的人，是件這麼難受的事。

即使明白一切都是由古搞的鬼，被蘇和卡迪雅攻擊時還是讓我很難受。

蘇和悠莉都還在由古手上。

光是想到這點就已經讓我夠憂鬱了，一想到就連老師都背叛我們的情況，我就……

對於卡迪雅的忠告，我只能重重地嘆了一口氣，並且默默點頭接受。

Karnatia Seri Anabald

卡娜迪雅·賽莉·亞納巴魯多

她的本名是卡娜迪雅·賽莉·亞納巴魯多。亞納雷德王國的亞納巴魯多公爵家獨生女，同時也是擁有身為日本高中生的前世記憶的轉生者。前世的名字是大島叶多。轉生前是個男生，但轉生後卻不知為何變成女生。雖然因為前世身為男生的記憶和目前的女性軀體之間的乖離而感到困惑，但是隨著年齡增長，她身為女性的意識也逐漸變強。以由古引發的事件為契機，她總算明白自己的心情，擺脫了這樣的煩惱。目前正為了幫助從前世就一直在一起的俊而行動。

「卡迪雅」

8 復活怪人的鐵則就是死得特別快

當我回過神時，才發現自己在海上漂流。

而且只剩下頭。

也許有人會聽不懂我在說什麼，但其實我也不曉得發生了什麼事情。

不，我說真的。

現在到底是什麼情況？

這是怎麼回事？

還有，為什麼我只有一顆頭也不會死？

脖子底下的身體完全消失了耶。

難道我是蜘蛛頭顱的昆蟲標本嗎？

要是拿根大頭針把我釘在牆上的話，就更完美了。

不不不……拜託不要。

不過，我知道自己之所以變成這副德性還能存活，應該是因為進化後得到的不死這個技能的緣故。

然後，我一定是因為身體被魔王轟飛出去，才會掉進海裡在海上漂流。

我之所以只剩下腦袋，大概是因為魔王那一擊把我的身體徹底粉碎掉了吧？

這只是我的推測。當我失去意識時，粉碎的身體應該被ＨＰ自動恢復這個技能修復了。

即使擁有不死這個技能，要是腦袋被打碎，也沒辦法進行思考。

這麼一想，就算擁有不死，要是在沒有恢復手段的狀態下被擊碎腦袋的話，不就跟死了沒兩樣嗎？

超可怕耶！

明明已經死掉卻又不算是死掉，就某種意義上來說，比死亡還要可怕吧？

簡直就是人間煉獄。

還好我有ＨＰ自動恢復這個技能。

要是沒有，我可能就無計可施了。

不光是這樣，我之所以能夠像這樣恢復意識，已經是許多幸運累積起來的結果了。

首先，魔王那一擊讓我粉身碎骨摔進海裡，也是一件相當幸運的事。

要是我沒有粉身碎骨，她說不定會發現我沒死；要是我沒有摔進海裡，在最糟糕的情況下，她說不定會直接把我帶走。

即使她沒有那麼做，要是我當場開始再生，果然還是有可能發現我沒死。

如果她發現我沒死，就有一大堆方法能夠對付我。

例如把我灌水泥做成消波塊，或是讓肉食性魔物啃食不斷再生的我。

當我在海中漂流的期間，說不定已經經歷過後者了。

只要想到自己可能在只有頭的狀態下被魔物吃進肚子，然後從屁股出生，我的心情就糟糕到了極點。

此外，我也不曉得這種不死之力管用到什麼程度。

雖然覺得不可能，但我應該不至於連被分解成分子都還不會死吧。

我已經知道只剩下頭也不會死，但太過相信這種能力也很危險。

因為那可能會讓我真的被吃進肚子，並且被分解為無法再生的分子。

不過，雖說太過相信這種能力會有危險，但其實就算我再怎麼謹慎也無濟於事。

因為那位魔王的能力值太扯了……

就連老媽都強到不合理的地步，沒想到居然會跑出一個比牠強上好幾倍的傢伙。

而且我說的好幾倍可不是什麼誇飾法。

平均能力值高達九萬到底是怎麼回事！

白痴喔！

戰力通膨也該有個限度吧！

而且這還是只看能力值的結果，要是再加上技能，就真的只剩下絕望了。

擁有的技能全都封頂，到底是怎麼回事？

其中最可怕的是抗性系技能。
幾乎所有屬性的攻擊都對魔王無效。
她根本就不打算給別人打吧？
那種怪物到底該怎麼對付？
根本打不過吧？
話說，為什麼魔王要來殺我？
不，其實理由我早就知道了。
魔王的種族名稱是原初蜘蛛怪。
換句話說，她是最古老的蜘蛛怪。
就連老媽都隸屬於其下的蜘蛛怪頂點。
就跟平行意識在緊急聯絡中所說的一樣，我們原以為是頂點的老媽，其實只是魔王的部下。
她肯定是收到來自老媽的救援要求，才會為了排除我而行動。
畢竟要是照著那種情況發展下去，我遲早會獲勝，所以老媽對外求救並不是錯誤的決定。
就算這樣，趕來救援的居然是那種傢伙，這點讓我無法接受。
不，那傢伙的存在本身就讓我無法接受。
那傢伙到底是怎麼回事？
那樣根本就犯規吧！

8　復活怪人的鐵則就是死得特別快

唉……

我到底該怎麼辦？

好不容易逃離艾爾羅大迷宮，卻因為老媽來襲而無暇享受外面的生活。

我還以為自己總算勉強撐過敵人的攻勢，找到些許勝算，這次卻遇上比老媽還要強大的怪物。

這是哪來的爛遊戲……

真是太沒天理了……

我不能接受……

啊啊啊……嗚嗚……喔喔……

好啦！總之先想想接下來該怎麼做吧。

即使現況看起來再怎麼不樂觀，只要我還有一口氣在，就必須掙扎到最後一刻。

先來確認現在的狀況吧。

我的身體現在就只有一顆頭，處於相當獵奇的狀態。

要是在這種狀態下被魔物襲擊，我也不是毫無反擊之力。

雖然我因為失去身體而處於最大ＨＰ降低的狀態，但ＭＰ並沒有變化，所以能夠使用魔法。

就算受到襲擊，我也還能夠用魔法迎擊敵人。

話說，如果能夠使用魔法，不就表示我能用治療魔法讓身體再生嗎？

雖然不曉得治療魔法能不能修復殘缺的肢體，但既然ＨＰ自動恢復都能讓身體再生了，治療魔法應該沒道理辦不到吧？

雖然不曉得需要花上多少時間才能完全恢復，但我只能一邊祈禱在此之前別受到魔物襲擊，一邊在海上漂流了。

不過，我不知道自己花了多久才恢復清醒，也不知道靠著自動恢復和治療魔法得花上多久才能徹底恢復。

事實上，在我被魔王轟飛之後，應該已經過了好幾天吧？

雖然失去意識的我不知道確切的答案，但搞不好已經過了相當長的時間。

要是魔王在這段期間忘記我的事情，跑去其他地方就好了。

雖然這只是我單方面的願望就是了。

在身體復原之前，我什麼事都辦不到，就算身體復原了，我也還是什麼事都辦不到。

老實說，不管挑戰幾次，我都不可能打贏那位魔王。

即使靠著不死採取疊屍戰法，我也沒辦法傷害到對方，所以毫無意義。

如果要對付老媽，我還有可能靠著一些出奇制勝的戰法取勝，但如果對手換成那位魔王，我真的只能想到逃跑這個辦法。

嗯？等一下，既然有辦法擊敗老媽，那同樣的戰法不是也能擊敗魔王嗎？

仔細想想，就算是老媽，能力值也是強大到讓我的本體只能逃跑。

如果魔王和老媽之間存在著主從的聯繫，那我不是也能利用那種聯繫，把平行意識送進魔王體內嗎？

……說不定真的可以。

話雖如此，情況還是對我非常不利。

畢竟對方的能力值那麼強大。

只靠著速度就能在短短一瞬間從我的知覺範圍之外衝到我面前。

如果對方有那種速度，就算我想逃也逃不掉。

至少我絕對來不及在發現對方之後發動轉移。

為了不讓對方找出我的所在位置，我必須頻繁發動轉移擾亂對方才行。

即使如此，我還是不確定自己有沒有辦法擺脫那種速度快得跟瞬間移動沒兩樣的對手。

而且對方有著人類的體型，能夠輕易進到老媽進不去的狹窄地方。

我乾脆就這樣在海上漂流是不是比較好？

總覺得這比待在陸地上安全多了。

不過，那位魔王似乎會幹出走在水面上過來這種超乎常理的事情。

不對，她八成辦得到。

只要活用空間機動，不管是在海上還是其他地方都能夠奔跑。

只要我想就能辦到這種事，所以能力值和技能都強過我的魔王不可能辦不到。

啊哈哈哈……

我真的無處可逃了。

總之，既然我沒事……不，只剩下一顆頭也很難算是沒事，而且依然活在世上謳歌自由的話，那魔王應該還沒發現我還活著。

就算她發現了，也可能找不到我所在的位置。

如果她一直沒有動作，那我或許能繼續裝死，逃過一劫。

話雖如此，但我並不清楚平行意識在我失去意識的期間做了什麼，所以這只是我一廂情願的推測。

嗯嗯……

試著聯絡平行意識看看吧。

哈嘍，我是本體，聽到請回答。

﹝嗯？本體？﹞

是啊，總算接通了。

﹝妳居然真的沒死。妳到底變了什麼魔術？﹞

其實我在進化之後得到不死這個技能了。

﹝妳說什麼！﹞

所以我是不會死的！

〔嗚哇……這根本就是作弊嘛……〕

事情就是這樣，妳們不需要擔心我。

對了，妳們那邊的情況如何？

〔我們還在跟老媽交戰。〕

嗚哇。也就是說，魔王應該知道我還活著吧？

〔嗯？魔王？那個怪物是魔王嗎？〕

是啊。

她是魔王，同時也是最古老的蜘蛛怪。

而且還是平均能力值將近九萬的可怕怪物。

〔那也未免太扯了吧。〕

事實上，她只用一擊就讓我粉身碎骨了。

要是沒有不死，我百分之百會沒命。

即使如此，我還是花了不少時間才清醒，要是下次被發現就大事不妙了。

〔這可不妙。如果是這樣，我們還是不要太常聯絡會比較好。〕

為什麼？

〔要是我們聯絡，被老媽找到本體位置的可能性就會增加。〕

喔喔！

﹁事情就是這樣，我們會負責妨礙老媽，讓她沒辦法找出本體的位置，妳只要專心逃跑就行了。如果擊敗老媽的話，我們會主動跟妳聯絡。﹂

了解。

通訊完畢。

原來如此，我搞懂現在的狀況了。

平行意識還在對付老媽。

然後魔王八成已經發現我還活著。

早在我沒有停止對老媽攻擊時，她應該就會懷疑我還活著了吧。

然而，我現在依然平安無事。

也就是說，魔王並不知道我目前的所在位置。

我認真覺得繼續隨波逐流會比較安全了。

嗯，在身體復原之前，我就繼續當海裡的藻屑吧。

S8 妖精之里

在沙利艾拉國的山上，有一個入口被隱藏起來的洞窟。

在那個洞窟的深處看似走到底的地方，有一個祕密房間。

在被隱藏起來的洞窟裡的祕密房間這種相當難找到的地方，通往妖精之里的轉移陣就偷偷地設置在這裡。

如果沒有老師帶路，我們絕對找不到。這個轉移陣就是隱藏地如此巧妙。

既然連擁有鑑定的我都看不出來，不知情的人應該也找不到吧。

「拜託大家別洩漏這個轉移陣的位置。」

我點頭同意老師的要求。

妖精之里受到強力結界的保護，如果不使用這種特殊的轉移陣就沒辦法進到裡面。

也就是說，這裡是能夠進到妖精之里的少數入口。萬一這個地方被人知道，就有可能召來入侵者。

這裡八成是不能讓與妖精族無關的人知道的地方。

身為外人的我們，本來並不應該知道這個祕密。

既然老師把我們帶來這裡，就證明她相當信賴我們，但我還是不由得想起卡迪雅的忠告。

卡迪雅叫我別太信任老師。

但我覺得老師一定相當信任我們。

我無法判斷到底該如何看待老師。

結果只能讓自己在相信老師的同時又對她抱有些許疑慮，心境搖擺不定。

「那我們走吧。」

老師啟動轉移陣。

溢出的光芒包圍住我們。

視野在一瞬間扭曲，當視野恢復原狀時，我們已經站在不同於剛才那個洞窟的地方了。

這裡是圓形建築物的內部。

地板上設置了好幾個相同的轉移陣。

但建築物的事情現在並不重要。

因為迎接轉移過來的我們的是劍尖。

幾名妖精將劍尖指向轉移過來的我們。

「請等一下！他們是我帶來的客人！」

老師挺身擋在隨時都要發動攻擊的妖精們面前。

她說的不是人族的語言，而是妖精語。

由於在學校的課堂上學過，所以我勉強聽得懂。

不過我只能慢慢說出一些簡單的單字，應該沒辦法在這種緊急情況下插嘴。

「妳的名字是？」

「菲莉梅絲・帕菲納斯。」

疑似妖精們隊長的男子簡短地問道，老師立刻報上自己的姓名。

「族長的女兒啊……妳為什麼把人族帶到這裡？」

「他們是轉生者，也是勇者的同伴。帝國的軍隊目前應該正朝向這裡進軍，他們是我請來的援軍。」

妖精族男子似乎接受了老師的說明，但還是沒有放下手中的劍。

「我明白了。但是，我不能讓人族踏進裡面。如果他們是來援助的話，就請他們在結界外面戰鬥吧。」

「這可不行。他們是客人，我不可能把他們丟在危險的外面。」

「族長的女兒，我不會說第二次。現在立刻用轉移陣帶他們離開。」

老師和男子無法達成共識。

我算是親眼見識到妖精族排他的一面了。

他們似乎無論如何都不打算讓我們進到裡面。

「還不住手。」

從建築物入口走進來的男子的聲音，打破了現場一觸即發的氣氛。

在見到那名男子的瞬間，我們全都愣住了。

「波狄瑪斯？」

老師喃喃說出那名男子的名字。

沒錯，出現在我們面前的人，正是應該已經被蘇菲亞殺掉的妖精族長波狄瑪斯。

「沒錯。妳連自己父親的長相都忘記了嗎？」

波狄瑪斯一本正經地開口說笑。

但在來到這裡的成員之中，我、老師和哈林斯先生確實親眼目睹了波狄瑪斯死亡的光景。

目睹他被蘇菲亞砍下腦袋，只剩下一顆頭的模樣。

我不認為那是冒牌貨或是幻覺。

「你不是死掉了嗎？」

「那種程度的小事還殺不死我。把劍放下。」

波狄瑪斯命令士兵們把劍放下。

士兵們忠實地聽從命令，放下劍並後退一步。

「歡迎各位來到妖精之里。」

跟嘴巴上說的不一樣，他看起來一點都不歡迎我們。

我實在不擅長應付這個男人。

一方面是因為，原本以為已經死掉的男子突然出現在眼前，但我總覺得這名男子高深莫測到令人生畏。

而且這傢伙會對初次見面的人突然發動鑑定，有種不尊重別人的感覺。

這是我第二次見到這名男子。

第一次是在前往學校就讀之前，見到陪老師一起出現的他，但他當時的態度也很惡劣。

單方面打過招呼後，也沒等我回話就立刻走人。

雖然當時有某種厭惡的感覺湧上心頭，但我還以為那是因為波狄瑪斯的態度太過惡劣，我才會感到不太舒服。

事實上，那種厭惡感似乎就是受到鑑定時的不舒服感覺，這是卡迪雅後來告訴我的事情。

沒有經過對方同意就發動鑑定，是極為失禮的一種行為。

從他毫不猶豫就使用鑑定，以及那種沒禮貌的態度看來，他顯然認為自己不需要顧慮我們的想法。

簡直就像是不把別人當成人看一樣。

現在也是，那種把我們當成戰力而非客人的視線，實在是讓人不舒服到了極點。

「跟我來吧。我會開個簡單的宴會歡迎各位。」

波狄瑪斯只丟下這句話就立刻轉身走人。

我們趕緊快步跟上。

「你是怎麼活下來的？」

老師對著走在前面的波狄瑪斯拋出我也很在意的問題。

「躲避死亡的方法多得很。」

波狄瑪斯說出算不上回答的回答。

雖然我在一瞬間想要對他發動鑑定，報復他初次跟我見面時的失禮行為，但現在惹火波狄瑪斯並非良策，所以我決定放棄。

「帝國軍的動向如何？」

「連結界的外緣地區都還沒抵達，現在正在森林中進軍。」

他邊說邊走出建築物。

我們也緊跟在後，被映入眼簾的光景震撼到說不出話。

眼前是一片由樹齡疑似超過千年的巨樹所組成的森林。

每一顆樹都相當巨大，根部還被挖空做成房子。

我回頭看向我們剛才走出的建築物，才發現那不是建築物，而是一顆巨樹。

所謂的妖精之里並不是在森林裡蓋房子，而是一如其名把森林當成家在生活的地方。

「好壯觀……」

卡迪雅不由自主地說出這樣的感想。

我有一種彷彿走進童話世界般的錯覺。

然而無數道視線刺了過來，就像是要把我們拉回現實一樣。

妖精們從巨樹的樹枝上或樹蔭底下注視著我們。

那些視線中充滿著戒心和厭惡。

雖然早在剛轉移過來就被刀刃相向時已經知道，但看來我們並不受到歡迎。

我有些在意地看向安娜。

雖然我只覺得不太舒服，但對身為半妖精的安娜來說，這個地方充滿了苦澀的回憶。

要是再承受這種視線，恐怕只會刺激到她的心靈創傷。

雖然安娜表現出毫不在意的模樣，手還是在微微顫抖。

為了幫安娜擋住這些視線，我走到她的身旁。

波狄瑪斯絲毫不把我們放在心上，快步走向前方。

老師一邊緊跟在後，一邊試著打聽現況。

「知道帝國軍的人數嗎？」

「敵軍的人數大概有八萬。」

敵軍的人數多到讓我嚇了一跳。

在跟魔族戰爭的期間動用這種大軍，真的沒問題嗎？

不，這肯定不會沒問題。

儘管不會沒問題，由古還是動用了這樣的大軍。

要是被魔族得知這次的行動，我不認為他們會放過這個機會。
超出預期的悽慘狀況，讓我頭痛不已。
「最麻煩的一點是教會派出了不少士兵。在宣布由古這個冒牌勇者上任後，教會和帝國之間的關係似乎變得更緊密了。」
既然敵軍中混有許多神言教的士兵，就代表由古的權力已經深入教會了吧。
由古身旁八成還有被洗腦的悠莉。
「假如敵方順利進軍，你覺得他們還要幾天才會抵達這裡？」
「差不多三天吧。如果受到強力魔物襲擊的話，自然是另當別論。遺憾的是，看來連幸運女神都站在他們那邊。」
波狄瑪斯令人費解的話語，讓我感到疑惑。
「長年威脅著我們故鄉的神話級魔物——女王蜘蛛怪開始移動了。因為這個緣故，其他魔物全都一起逃跑了。帝國軍進軍路線上的魔物數量少到近年罕見的地步。」
連這裡都有女王蜘蛛怪啊……
雖然據說女王蜘蛛怪棲息在艾爾羅大迷宮裡面，但世界上還有另外四隻女王蜘蛛怪。
而其中一隻就棲息在妖精之里所在的這座森林。
妖精之里就位於卡拉姆大森林的中央地區。
根據老師的說法，被結界守護的妖精之里的面積跟東京二十三區差不多。

而能夠完整納入妖精之里的卡拉姆大森林則是跟北海道差不多大。

這座大森林裡棲息著許多魔物，而位於其頂點的就是女王蜘蛛怪。

不巧的是，因為那隻女王蜘蛛怪開始移動，附近的魔物全數逃跑，反而幫助了帝國的進軍。

只要想到如果女王蜘蛛怪沒有移動，說不定會直接撞上帝國軍，我就覺得這個狀況對妖精族來說實在是很不走運。

至於我則是一半覺得遺憾，一半覺得鬆了口氣。

在前往這裡的途中，我已經窺見女王蜘蛛怪的可怕了。

當我們騎在菲背上時，看到了女王蜘蛛怪過去離開艾爾羅大迷宮大鬧一場時留下的痕跡。

那是足以改變地形的破壞痕跡。

如果擁有那種力量的魔物撞上帝國軍，八成會讓帝國軍受到毀滅性的打擊。

這樣妖精族就能兵不血刃贏得勝利。

但是，這也代表被由古利用的士兵會被白白屠殺。

其中說不定還有跟悠莉一樣，單純是受到洗腦的人。

這麼一想，這樣的結果說不定是值得慶幸的事情。

我知道自己很天真。

如果實際發生戰鬥，即使明知那些士兵毫無罪過，我還是會跟他們拚命吧。

儘管如此，我還是不由得會有只要能找機會擺平由古，就能解決一切問題的天真想法。

至少我想要藉此拯救被洗腦的朋友。

除了蘇和悠莉之外，說不定還有更多朋友被由古洗腦，只是我還不知道罷了。

想到這裡，我不由得握緊拳頭。

「就是這裡。」

波狄瑪斯走進由大樹建成的房屋，對話也暫時中斷。

屋子裡擺著圓形的桌子，擺設就像是一間會議室。

我們應邀入座後，負責招待客人的妖精就端著料理過來了。

「這是妖精的料理，但應該也符合人族的口味。」

在波狄瑪斯的推薦下，我把料理放進口中。

雖然菜色幾乎都是口味清淡的蔬菜，但這反而充分彰顯出食材本身的美味。

確實很好吃。

因為旅途中累積的疲勞，我們默默把食物吃得一乾二淨。

「能夠合各位的口味。真是太好了。」

看準我們結束用餐的時機，波狄瑪斯開口了。

「住處已經準備好了。在帝國軍抵達這裡之前，我會安排讓各位能在那邊生活。」

準備得真是周到。

彷彿事先就知道我們會來這裡一樣。

事實上，他應該早就知道了吧。

雖然不清楚他是如何取得情報，但如果不是這樣就說不過去了。

若非如此，不光是住處，他也不可能這麼剛好地拿出符合人數的料理出來招待。

話雖如此，但我們在轉移陣卻受到那種對待。

不曉得是因為負責看守轉移陣的士兵們沒收到通知，還是因為那些全是演技。

不管答案是什麼，我都看不出波狄瑪斯的意圖。

只覺得這傢伙極為可疑。

也許是因為這樣，波狄瑪斯接下來的提議，讓我沒辦法不懷疑那不是陷阱。

「還有，各位也想見見其他轉生者吧？今天已經很晚了，明天我就讓各位去見他們。」

9　水蜘蛛

我隨波逐流了好幾天。
身體總算復原了。
呼……在走到這一步之前，還真是折騰死我了。
一下子被水竜襲擊，一下子又被水龍襲擊……
那可一點都不好玩。
水竜大舉來襲倒是還好。
雖然其實並不好，但反正我只有一顆頭也能應付，所以算不上問題。
嗯，沒想到我只剩下一顆頭依然頗能打。
因為只要有頭就能發動魔法，所以我就跟固定砲台一樣，在對方接近之前把絕大多數的敵人都擊沉了。
雖然偶爾會有能夠突破火網的強者，但我能用念動力這個技能移動自己，進行閃躲。
這讓我順利度過難關。
這證明我能應付竜等級的敵人。

雖然其中也有平均能力值超過兩千的上位竜種，但我還是能靠著一顆頭擺平敵人。
這就是貨真價實的頭腦戰！
身為我的主戰魔法的黑暗屬性魔法在水中也能徹底發揮威力，也是一項重要因素。
因為黑暗是一種超乎常理的屬性，所以即使在水中，威力也不會減弱。
要是換成火屬性就完全無法使用了；要是換成雷屬性，連我自己都會遭殃。
雖然水竜姑且還是擁有竜鱗這個技能，但雙方的能力值差距太過巨大，所以根本無濟於事。
要是憑我破萬的魔法攻擊力都沒辦法突破水竜區區兩千出頭的魔法防禦力的話，我反倒會大受打擊。
總之，我還算容易地擊敗接二連三來襲的水竜。
然後水龍就出現了。
雖然別人可能會搞不懂我在說什麼，但我自己也搞不懂發生了什麼事情。
該怎麼說呢……
畢竟那傢伙明明是龍，卻跟普通的弱小敵人一樣隨隨便便就跳出來。
我覺得牠看起來很強，就試著鑑定了一下，結果牠真的很強，害我嚇了一跳。
唯一的救贖，大概是那傢伙比亞拉巴弱上不少吧。
我一邊用念動力移動腦袋逃跑，一邊用魔法迎擊追過來的水龍。
這樣的追逐戰持續了體感時間的幾個小時之後，我總算成功擊退敵人。

雖然水龍的外表像是蛇頸龍，但幸好牠是偏重物理攻擊和防禦力的戰士型魔物。

因為牠的速度沒有很快，所以我不至於被追上；因為牠的魔法威力也沒有很強，所以就算受到擦傷，我也不會死掉。

但如果被魔法直接擊中，我應該會再次失去意識，化為海裡的藻屑吧。

要是這樣，這次就不曉得什麼時候才能復活了。

不過，反正我打贏了，所以沒差。

然後，拜擊敗水龍得到的經驗值所賜，我的等級提升了。

脫皮恢復……因為沒有身體，所以算不上脫皮，但總之我靠著提升等級後的自動恢復讓身體長出來了。

在等級提升的同時，脖子底下的部分一邊蠕動一邊長出來的光景，在旁人眼中看來肯定很噁心吧。

不過脫皮恢復果然沒辦法讓身體完全再生，身體只再生到一半就停止了。

之後的日子，我一邊不斷應付來襲的水竜，一邊用治療魔法讓剩下的軀體再生。

偶爾還會有水龍來襲，讓我實在是受不了。

我只有擊敗第一隻水龍，剩下的全都選擇避戰。

因為到處都是跟亞拉巴同等級的水龍。

想也知道，在狀態並非萬全的情況下，我根本不可能跟那種傢伙戰鬥。

而且就算我能浮在水面上，也沒辦法潛入水中。

在敵人能夠在水中自由自在行動的壓倒性不利狀況下，我才不會笨到正面迎戰。

因為還有游泳這個技能，只要取得那個技能，我覺得自己應該也能潛水。

雖然這麼想，但因為種族適性的緣故，如果我想取得游泳這個技能，會用掉相當多的技能點數。

我覺得這樣有點浪費，於是打消了念頭，決定在面對水龍時乖乖選擇逃跑。

即使是在身體完全復原的現在，跟水龍戰鬥還是很累人，所以我依然選擇避戰。

好好見識一下我完美無缺的逃跑功夫吧！

只要擁有我引以為豪的速度，還有最強的轉移魔法，想要逃離區區水龍的魔掌，只不過是小菜一碟！

不過，轉移過去的地方應該會有比水龍更可怕的魔王在等我，所以那算是最後的手段。

為了逃離那位魔王，我現在才會在海上漂流。

根據睿智大人的地圖功能，我知道自己正被海浪沖離艾爾羅大迷宮，但依然跟陸地保持著一定的距離。

我想要就這樣乘著波浪遠離艾爾羅大迷宮，然後隨便找個地方登陸。

魔王不知道我的下落，就算她要找我，應該也會從艾爾羅大迷宮裡面或附近開始找起。

既然如此，只要我跑到遠離艾爾羅大迷宮的地方，被找到的風險就會降低。

只要就這樣避開魔王的眼線登陸，增加能夠轉移逃跑的地點，就算是那個怪物，應該也沒辦法追到我了。

即使擁有那種跟瞬間移動沒兩樣的誇張速度，也不是真正的瞬間移動。

就算能夠超越音速，長距離移動還是得花上不少時間。只要有那樣的時間，我應該也有辦法用轉移逃跑了吧。

現在的我之所以沒辦法逃離魔王，問題在於能夠轉移的地點太少了。

我能轉移前往的地方就只有艾爾羅大迷宮內部，以及外面的有限範圍。

艾爾羅大迷宮內部是老媽的地盤，而我在外面能夠轉移的地點也相當有限。

光憑這樣狹窄的移動範圍，只要魔王想追就追得到。

因此，只要我能轉移的範圍擴大到魔王無法追蹤的地步，她遲早會變得追不上我。

就這點來說，這片大海也是個相當不錯的逃亡地點。

那位魔王應該也沒料到我居然會在海上漂流。

不過，既然這裡有水龍，那就算不上是安全的逃亡地點。

在海上漂流了好幾天之後，我重新踏上久違的陸地。

我切實地感受到能夠用腳踩在陸地上，是件幸福的事。

在海上漂流實在太不自由了。

我之所以選擇登陸，一方面是因為厭倦漂流的感覺，但主要還是因為水龍變得會成群結隊來襲了。

真是的……你們在魔物之中也算是相當厲害的傢伙吧？

怎麼可以成群結黨呢？

我只是在水裡無法行動自如的蜘蛛型游泳圈耶。

總之，我是在牠們的追殺之下才逼不得已逃到陸地上。

那麼多隻龍一起殺過來，我實在是招架不住。

雖然陸地上還有魔王這個威脅，但既然還沒被發現，那現在應該還不成問題。

比起看不見的威脅，眼前的水龍可怕多了。

我好像完全被水龍盯上。即使我已經登陸，牠們依然把頭露出水面狠狠瞪著我。

看來就像是在說：「妳這混帳，有種就別給我回來！」

難得的逃避魔王海上之旅也到此宣告結束。

再來只能在陸地上前進了。

總之，既然不曉得我的情報會從哪裡洩漏給魔王，我還是盡量避人耳目，偷偷行動吧。

首先就以河流為目標前進。

為什麼？

因為一旦下海的話，身體不是會沾滿海水嗎？

海水會讓身體黏黏的。

雖然無臭這個技能可以減輕我身上的海水味，但沾在身上的海水並不會因此消失。

這種黏黏的感覺很不舒服。

啊……無臭是把無聲練到封頂後衍生出來的技能。

無臭一如其名，是能夠消除身上氣味的技能。隨著等級提升，身上的氣味就會越來越淡。

是一種暗殺者專用的技能。

即使不用在那種用途，這個技能在生活中也相當有幫助。

拜此所賜，我可以不用在意身上的味道。

不過這個身體原本就不會發出體臭，我也不曾在意就是了。

總之，為了把身體洗乾淨，我決定先去尋找河流或池塘。

我消除氣息慎重地前進，但也沒有太過小心翼翼。

就連我還很弱小的時候，都能成功逃離艾爾羅大迷宮下層那個魔窟，而這樣的隱密行動能力也隨著之後的技能升級強化許多……才怪呢。

因為我得到了壓迫和其他能夠強調自身存在的技能和稱號，把這樣的隱密行動能力給抵銷掉了。

就算我再怎麼鍛鍊隱密系技能，頂多也只能達到正負相抵的效果。

老實說，就算我偷偷摸摸地行動，該被發現的時候還是會被發現。

因此，就算我太過謹慎也沒有意義。

被發現之後再來想辦法吧。我只能這麼想了。

雖然在大迷宮裡時也是這樣，但魔物都會事先察覺到我的氣息，並且逃跑。

而且敏銳到會為了逃離我而開始大舉遷移的地步。

這種危機管理能力應該是與能力值無關的生物本能吧。

畢竟就連青蛙之類的弱小魔物都能察覺了。

或許弱小的魔物在這方面反而特別敏感。

因此，只要我在陸地上移動，遲早會造成魔物大遷移。

我在大迷宮裡就差點因為這樣而陷入糧食危機。

比起這種小事，現在更重要的是，我會不會因為魔物大遷移而被魔王發現。

我想大概……不，是絕對會被發現。

既然我會對周圍造成這麼大的影響，那位魔王不可能不會發現。

即使沒辦法察覺我的氣息，她也肯定會猜到這場騷動的中心發生了某種異狀。

只要被她發現這一點，她當然會來確認狀況吧？

然後我就會被殺掉。

嗯。時間限制相當短。

我只能在被發現之前設法擴展行動範圍，然後再次用轉移隱藏行蹤。

當我一邊仔細思考這些事情並移動時，正好發現要找的河流。

因為黏答答的身體實在太難受，我想也不想就跳了進去。

身體在一瞬間沉入水中，但很快就浮起來了。

我射出蜘蛛絲，用操絲術巧妙地織成布，然後拿來擦拭身體。

在迷宮裡的時候，我不是很在意身體是否乾淨，但如果能夠保持清潔，我當然想這麼做。

雖然能夠用河水洗澡也不錯，但其實我想在浴室裡泡澡。

但我不知道這個世界有沒有浴室這種東西。

要是沒有，就去找溫泉吧。

等到解決魔王和老媽的事情，我一定要去找看看。

在此之前要先去找好吃的食物。

我明明是為此才努力離開艾爾羅大迷宮，結果什麼好吃的食物都沒吃到！

這是非常嚴重的問題！

這些全是魔王跟老媽害的！

因為那些傢伙的緣故，我幸福的外界生活才會變得一團亂！

好不容易如願來到外面，等著我的卻是這種走投無路的逃亡生活。

這實在太奇怪了。

在我原本的計畫中，我現在應該在外面悠閒地觀光才對。
觀光勝地之一……森林與青山！
被老媽的吐息轟掉了。
觀光勝地之二……大海！
裡面只有滿滿的水龍。
奇怪……不應該是這樣……不應該是這樣的吧！
為什麼不管我走到哪裡都伴隨著死亡的危險！
還有這種只要停下腳步就會被魔王追上的緊張感……
在這種情況下，我怎麼可能有辦法放鬆心情！
總之，為了活下去，也為了度過幸福的外界生活，我必須想辦法解決掉魔王和老媽。
我發動睿智大人，確認魔王目前的所在位置。
呼呼呼……我當然不可能白白被她殺掉。
只要成功完成鑑定，睿智大人的標記功能就會發動。
這種標記功能可以從遠處確認成功鑑定過一次的對手的鑑定情報和位置。
如果再加上睿智大人的地圖功能，魔王的所在位置根本是一目瞭然。
而且只要運用這種功能，一旦被標記的對手移動位置，地圖就會隨之擴大。
話雖如此，但也只有地圖會擴大，只要我沒有實際走過一次就無法轉移到該處。

因此，結果我還是只能靠自己拓展轉移地點。
如我所料，因為平行意識對老媽的攻擊並沒有停止，魔王似乎發現我還活著了。
她好像有去調查我被轟飛的現場，找尋我的下落。
然後現在正在海上移動。
這種追蹤能力連名偵探和名刑警都得甘拜下風。
她到底是怎麼確定我逃進海中的？
雖說是被水龍趕出來，但我逃到陸地上說不定是件好事。
魔王似乎不曉得我在哪個海域，在海上展開地毯式搜索。
真是可怕。
我有些明白被名刑警追捕的逃犯的心情了。
可是，如果魔王在海上，這說不定反而是個機會。
趁現在的話，她應該沒辦法馬上回到艾爾羅大迷宮，這樣我不就有機會削減老媽的手下了嗎？
雖然不曉得我在海上漂流的期間，老媽的手下增加了多少，但就算有新出生的敵人，我也不認為牠們能成長到足以成為戰力的地步。
如果想要對付現在的我，至少要有不下於超級蜘蛛怪的實力才行。
就算是上級蜘蛛怪，只要數量夠多也不是沒辦法跟我對抗，但應該還是很困難吧。

老媽的部下之中，最難搞的果然還是那種人偶蜘蛛。

如果是一對一，我敢說自己絕對不會輸給超級蜘蛛怪。

我原本就很容易對付超級蜘蛛怪。

除了物理方面的能力之外，我的所有能力都強過超級蜘蛛怪。

不過人偶蜘蛛並非如此。

在不斷遭遇並且逃跑的過程中，我稍微明白人偶蜘蛛的性質了。

首先，那傢伙雖然是蜘蛛，但又不是蜘蛛。

在那個人類外型的人偶之中，有一隻拳頭般大小的小蜘蛛。

以那隻小蜘蛛作為核心，把蜘蛛絲塞滿人偶內部，用操絲術加以操作，就是名為人偶蜘蛛的魔物了。

因此，雖然那傢伙是蜘蛛，但比起身為蜘蛛的能力，牠更擅長操縱人偶，採取近似於人類的戰鬥方式。

首先，明明是蜘蛛還拿武器就已經算是犯規了。

而且那傢伙還跟阿修羅一樣有六隻手，每隻手都分別拿著武器。

因為牠能靈活運用那些武器，讓我很想吐槽一句：「你這傢伙已經不是蜘蛛了吧！」

雖然我覺得自己好像也跟普通蜘蛛相去甚遠，但人偶蜘蛛已經連外表都不是蜘蛛了。

技能組也有別於以超級蜘蛛怪為首的蜘蛛軍團。

主要是多了武器系的相關技能，與其說是蜘蛛，那傢伙感覺更像是強化版的人類。
雖然我並非不曾跟人類交戰，但當時只是靠著能力值的優勢輾壓敵人，很難說是真正打過。
因此，老實說我無法看穿人偶蜘蛛的行動。
就連閃躲攻擊也只是靠著未來視和思考超加速的黃金組合才勉強辦到。
因為那傢伙的平均能力值超過一萬，所以更是難纏。
如果問我那傢伙到底好不好對付，我覺得並沒有那麼難對付，但雙方的基礎能力差太多了。
畢竟在我的能力值中，就只有魔法方面的能力值破萬。
而且一旦拿掉這個優點，除了速度之外的能力都跟敵人有一段落差。
就連還不至於太差的速度，也因為代表爆發力的黃色ＳＰ不高而無法一直保持極速。
也就是說，我只有魔法能贏過對方。
如果要打贏那種人偶蜘蛛，就絕對不能正面對決。
雖然只能靠著我擅長的陷阱擊敗那傢伙，但如果要進行準備，其他的蜘蛛軍團又會礙事。
結果我還是只能慢慢削減蜘蛛軍團的戰力。
總之，我就趁著魔王在海上的期間，回到迷宮大鬧一場吧。

S9　妖精之里的轉生者

抵達妖精之里的隔天，我、卡迪雅和菲三個人在老師的帶領下前往某個地方。

照理來說，讓身為半妖精的安娜獨自留在厭惡回憶的妖精之里並非上策。

但考慮到我們正準備前往的地方，我無論如何都希望只有我們轉生者過去。

把這件事告訴哈林斯先生之後，就得到「交給我吧！」這個強而有力的回答，於是我們便留下安娜出發了。

我現在正要前往轉生者保護區。

那是在妖精之里接受保護的轉生者們居住的地方。

「老師，我們還沒到嗎？」

菲一臉厭煩地問道。

她會這麼問，也是因為我們走了相當久。

憑菲的能力值，這種程度的距離應該不至於感到疲累，但我們出發前還以為只有一小段路，卻一直沒能抵達目的地，所以她八成是感到厭倦了。

「快到了。畢竟妖精之里很大，再稍微忍耐一下吧。」

雖然這裡叫作妖精之「里」，但面積相當廣大。
只要想到整個妖精族幾乎都聚集在這裡，應該就能理解這裡為何如此寬廣了吧。
畢竟這裡大到如果要從其中一端走到另一端，至少得花上超過一天的時間的地步。
只要想到這點，轉生者保護區位於可以走路抵達的距離內，或許已經算是很近了。
「可是，居然會有能夠覆蓋這麼廣的範圍的結界……這魔法還真是厲害。」
「沒錯。拜這個結界所賜，妖精之里至今從未遭受襲擊。」
「順便請教一下，那種魔法是如何發動的？」
「不好意思，這個我也不是很清楚……」
看來就連老師也不太清楚可說是此處國防樞紐的結界的祕密。
「我所知道的事情，就只有那是非常堅固的結界，就連女王蜘蛛怪的攻擊都無法擊破。在漫長的妖精族歷史之中，連一次都不曾受到破壞。」
即使承受女王蜘蛛怪的攻擊也不會被擊破。
在因為這句話感到訝異的同時，我也覺得能夠理解。
女王蜘蛛怪是最強等級的魔物。
在之前的人魔大戰中，突然出現的女王蜘蛛怪就同時蹂躪了在場的人族和魔族。
在艾爾羅大迷宮附近，還留有過去出現的女王蜘蛛怪足以改變地形的破壞痕跡。
既然在這座有同種魔物闊步的卡拉姆大森林中，妖精還能安然無恙地生活，那女王蜘蛛怪無法破壞結界這個事實，仔細想想也是理所當然的事情。

如果沒有結界的話，妖精族的歷史早就斷絕了吧。

「長壽的妖精族的歷史啊……順便問一下，這段歷史大概有多久？」

「不知道。根據我聽到的說法，在最為年長，快要五百歲的老爺爺的爺爺出生時，結界似乎就已經存在了。」

「這還真是……」

真是歷史悠久。

這個世界的歷史，其實並沒有流傳太多下來。

這是因為跟魔族之間的頻繁戰爭導致許多書籍遺失，而這個世界的紙張跟地球不同，劣化速度較快也是原因之一。

在無法保存書籍的情況下，歷史就只能靠著解讀僅存的少數資料，或是口耳相傳的方式流傳下來。

這些歷史也因此缺乏可信度，或是混入虛假的故事，變得像是半個童話。

只要想到這點，就覺得長壽的妖精說不定是寶貴的歷史見證人。

不過，因為妖精族比較封閉，絕大多數都不曾踏出故鄉，所以應該也不太清楚人族的歷史就是了。

「由古認為他有辦法突破結界嗎？」

在足以稱作歷史的漫長時光中，一直守護著妖精之里的結界。

面對如此堅固的結界，由古真的認為他有辦法突破嗎？

他是不是握有某種讓他確信能夠突破的王牌？

「不知道。可是，就算以前不曾被破壞，也不能保證以後也不會被破壞。太過自信絕非好事。」

老師這番話似乎是以結界會被破壞為前提。

聽起來，像是她已經知道由古擁有破壞結界的手段。

不，她肯定已經知道了吧。

若非如此，她沒必要冒著穿越艾爾羅大迷宮的危險趕回來。

如果認為結界堅如磐石，只要完全倚靠結界的防守能力就行了。

我想起卡迪雅的忠告。

老師還隱瞞著某些事情。

我想那八成不是卡迪雅的誤會。

老師在能說和不能說的事情之間劃下了一道界線。

「聽妳的說法，我實在不認為人類的力量有辦法破壞結界，妳認為由古握有那種祕密王牌嗎？」

卡迪雅一語切中核心。

連我都能看出的問題，卡迪雅不可能看不出來。

「不知道。可是他早就知道妖精之里設有結界。即使是由古，如果沒有信心突破結界，也不會率領這種大規模的軍隊進攻吧？因此，他應該握有某種手段。雖然我也不曉得那種手段到底能不能破壞結界就是了。」

雖然嘴巴上說不知道，但這樣的分析確實有道理。

在老師條理分明的推測中，我找不到矛盾之處。

只不過，這還不足以消除一度在我心中萌芽的疑惑。

在老師看不見的位置，卡迪雅瞇起雙眼。

菲聽不懂我們口頭上的互相刺探，保持事不關己的態度，閉口不語。

我覺得繼續開口會露出馬腳，於是也決定閉上嘴。

「啊……可以看到了喔！」

就在微妙的沉默逐漸蔓延開來的時候，我們正好抵達目的地了。

我暗自鬆了口氣。

我深切體認到自己不適合玩心機。

在老師手指的前方，有一塊儘管位於森林之中卻沒有樹木，能夠被陽光照到的地方。

在這座長滿巨樹的森林中，頭頂上都是枝葉，幾乎看不見天空，

不過，那個地方沒有樹木，取而代之的是地上種著蔬菜。

那是農田。

正在整理田地的年輕人，是一群年紀跟現在的我們差不多的少年少女。

他們似乎還有養家畜，有幾個人正在照顧。

其中一名少女看到我們後，便放下手邊的工作走了過來。

「老師，歡迎回來。」

「嗯，我回來了。」

兩人用懷念的日語自然地打招呼。

她果然也是轉生者。

只不過，即使聽到應該能溫暖人心的日語，現場卻飄散著冰冷的氣氛。

不帶感情的問候聲。

老師的表情似乎也有些僵硬。

「然後呢？那三個人是新的犧牲者嗎？」

少女的話語讓現場的氣氛迅速惡化。

「他們才不是犧牲者。」

「這是見解上的差異。至少我認為妳是加害者……算了，你們三個的名字是……？啊，我不是問在這邊的名字，是在那邊的名字喔。」

少女冰冷地把老師丟在一旁，將視線移向我們。

那名少女先是看向我和卡迪雅，然後在看向菲時嚇了一跳。

「我是山田俊輔。」

「我是大島叶多。」

「看臉就知道了吧，我是漆原美麗。」

「啊？」

不曉得少女之所以皺起眉頭，是因為卡迪雅變成女生，還是因為菲的長相跟生前差不多。

「等一下……妳是大島同學？」

「正是。」

「嗚哇……」

少女不由得發出這樣的聲音。

「妳那是什麼反應！很失禮耶！」

「對不起。這有點超出我的意料之外。」

「喂，我們都報上名字了，妳是不是也應該自我介紹？」

當少女的反應讓卡迪雅有點受傷時，菲瞇著眼睛如此問道。

「不過，從那種個性看來，我已經大概猜到妳是誰了。」

「有道理。只問別人的名字，自己卻不報上名字，確實不太禮貌。對不起。我是工藤沙智。」

「果然沒錯。」

菲用有些厭煩的聲音嘆了口氣。

工藤沙智——

她是在班上當班長的女生。

雖然我跟她的交情沒有特別好，但她是個很敢說話，在班上很顯眼的女孩子。

她很重視規矩，也因為這樣樹立許多敵人。

她跟在很多方面都較為散漫的菲自然是互看不順眼。

「漆原同學，為什麼妳長得跟以前差不多？」

工藤同學果然有發現菲的長相跟前世差不多。

雖然在那之後已經過了相當久，很容易就忘記別人的長相，但她或許還記得每天都在吵架的對象的長相吧。

「那還用問，當然是因為死亡也無法減損我的美貌啊。」

「我想聽的不是這種屁話。」

菲不知為何還擺好姿勢，得意地說出百分之百沒人會相信的謊話。

工藤同學二話不說就狠狠地否定了那些話。

總覺得這樣的互動讓人有點懷念。

「認真說，其實我也不知道自己為何會變成這副模樣。」

菲還是不改不正經的態度，讓工藤同學用不耐煩的眼神看著她。

「美麗？」

「咦？是本人嗎？」

有幾個人看到我們出現，就跟工藤同學一樣放下工作，走了過來。

其中兩人注意到菲的長相，主動跟她搭話。

「嗯？難不成妳們是小愛和久美？」

「答對了！」

「也就是說……妳真的是美麗！哇，好久不見！」

因為跟久違的老朋友重逢，女生們都興奮不已。

菲是比較出風頭的女生小團體的核心人物，交友圈也很廣。

明明相隔十多年之久，她們還是立刻就卸下心防，一起打鬧。

我實在很佩服她的社交能力。

「總之別站著說話，跟我來。各位，今天的工作暫時結束，我們收工吧。」

工藤同學先是對我們這麼說，然後轉頭呼喚周圍的眾人。

「老師也要來嗎？我是不歡迎啦。」

工藤同學毫不掩飾的拒絕，讓我不由得愣了一下。

雖然早在雙方見面問候時，我就已經知道工藤同學討厭老師，但看到這麼強烈的反抗態度，

我還是有些不知所措。

因為工藤同學前世時是班長，有很多跟老師接觸的機會，所以我記得她們的感情不錯。

如果是這樣，那她跟老師之間在今世時肯定發生過什麼事情，才會擺出這種反抗的態度。

當我因為感到困惑而不知所措時，卡迪雅冷靜地觀察老師和聚集過來的前學生們的反應，菲則是一直注視著老師。

「說得也是……你們難得重逢，我在場只會讓大家的心情變差，所以我就不去了。」

說完，老師轉身就走。

她當時的表情，看起來就像是已經快要哭出來卻強忍著悲傷，勉強微笑。

「我們走吧。」

無視於這樣的老師，工藤同學邁開腳步。

仔細觀察周圍，幾名前學生正用複雜的表情看著老師。

儘管如此，還是沒人叫住老師。

我注視著往反方向離去的老師的背影。

那背影看起來好嬌小。

10　人偶遊戲

我最近一直在艾爾羅大迷宮內部和外面之間來來去去。

一旦快要被魔王追上，我就轉移回到艾爾羅大迷宮，順便減少老媽的部下。

然後，一旦我在迷宮裡搗亂，魔王收到老媽發出的求救訊號，動身返回迷宮的話，我就再次用轉移逃到外面。

不斷重複這樣的捉迷藏遊戲。

面對能夠自由使用轉移魔法，還能掌握對方位置的我，就連魔王也無法追上。

儘管如此，因為只要一個不小心就會被追上，我必須靠著睡眠無效的能力讓自己整天處於活動狀態。

拜睡眠無效這個技能所賜，就算沒有睡覺，我的身體狀況也不會變差，只是這種一刻都閒不下來的生活對精神還是有點難熬。

而且魔王也不是笨蛋，為了終結這種不會有結果的捉迷藏遊戲，她做出了對策。

具體來說，就是增加人偶蜘蛛的數量。

人偶蜘蛛是不同於女王蜘蛛怪的另一批魔王部下。

除了原本就待在老媽身旁的那一隻之外，魔王還多派了十隻作為援軍。

光是一隻就已經讓我頭痛，現在又多了十隻。

真想叫她別鬧了……

在前來馳援的人偶蜘蛛之中，有五隻負責在艾爾羅大迷宮裡防守。

剩下的五隻則在外面追殺我。

因為魔王回到艾爾羅大迷宮，當我為了逃跑而轉移出去，結果被牠們堵個正著時，我還以為自己死定了。

當時我好不容易才成功逃掉，還成功發動鑑定標記敵人，所以結果還算不差。但只消走錯一步，我又會變成假死狀態了。

畢竟我受到了要是沒有不死這個技能的話，照理來說已經死掉的重傷。

不死真是太神了。

然而狀況正在逐漸惡化。

魔王和五隻人偶蜘蛛一直追殺我，艾爾羅大迷宮裡還有老媽和六隻人偶蜘蛛在防守。

雖然老媽的戰力已經被削減殆盡，但我遭遇人偶蜘蛛的次數變多了。

再這樣下去，我遲早會被逼得無路可逃。

在此之前，我必須設法削減人偶蜘蛛的數量。

以現況來說，只要慢慢花時間就能擊敗老媽，但魔王幾乎不可能打贏，人偶蜘蛛也比我強，狀況其實相當嚴峻。

對手全都比我強。

話雖如此，我也只能放手一搏。

全是強敵又如何？

反正我打從出生到現在，一直都在跟強敵戰鬥。

事到如今也沒必要害怕。

我之前能夠不斷從強敵手中取得勝利的理由，就是智慧與毅力。

以蜘蛛絲為主要武器讓敵人掉入陷阱的智慧，還有不管在什麼狀況下都不放棄的毅力。

就算說我是靠著這兩大優勢活到現在也不為過。

因此，我這次也要靠著這些優勢，度過難關。

以目前的狀況來說，如果正面對決，我打不贏人偶蜘蛛。

我需要能夠擊敗人偶蜘蛛的某種陷阱。

算了，死命逃跑的同時慢慢想吧。

我一邊逃離魔王和人偶蜘蛛，一邊慢慢削減老媽的部下。

然後，我終於被逼入絕境了。

艾爾羅大迷宮上層。

在狀似小型巨蛋的房間裡，我被六隻人偶蜘蛛包圍了。

在旁人眼中，我已經深陷危機。

不過，那些自以為把我逼入絕境的人偶蜘蛛，還沒發現自己反過來被我引進陷阱了。

為了把艾爾羅大迷宮裡的六隻人偶蜘蛛全部引誘過來，我花了比平時更長的時間跟牠們玩捉迷藏。

雖然這裡的退路看起來是被人偶蜘蛛擋住，但只要堵住那條退路，就連人偶蜘蛛也會沒辦法離開這個小房間。

事情就是這樣，土魔法發動！

我用土魔法堵住唯一的出口。

這樣一來，這個小房間就完全密閉了。

然後我要繼續發動魔法！

空間魔法……空納！

這種魔法就類似於道具箱，能夠把東西擺在異空間加以收藏，因為我之前都不曾搬運東西，所以一直派不上用場。

不過，我這次有把某樣東西擺在空納之中帶了過來。

那就是大量的海水。

我把海水放入小房間之中，同時反過來把小房間裡的空氣收進空納。

小房間裡裝滿海水，完全被淹沒了。

如我所料，人偶蜘蛛沒辦法游泳，全都緊貼在小房間的天花板上。

不知為何，我的身體有著非常強大的浮力。

強大到一旦想要潛入水中，就會被噗通一聲彈出水面。

若是這樣，即使所屬的種族不同，其他的蜘蛛型魔物是不是也有著跟我類似的性質？

懷著這樣的想法，我抓走一隻隸屬於老媽的小型次級蜘蛛怪，帶到海邊做了實驗。

結果如我所料，那傢伙跟我一樣會浮在水面上。

雖然這好像沒辦法保證人偶蜘蛛也一樣，但看來我賭贏了。

人偶蜘蛛們浮在水面上吐泡泡，掙扎著想要移動身軀。

牠們不但因為蜘蛛會浮在水面上的特性被強制貼在天花板上，就連人偶內部用來移動身體的蜘蛛絲，也因為被水浸濕而導致效果稍微變差。

我則是在水底觀察牠們的狀況。

呼呼呼……

沒錯，為了執行這個作戰，我耗費許多點數取得了游泳這個技能！

拜這個技能所賜，我總算是能夠沉入水中了。

雖然技能等級還很低，沒辦法自由自在地游泳就是了。

儘管如此，這能力已經足以讓這次的作戰成功。

我朝向無法好好活動的人偶蜘蛛發射暗黑魔法。

早在對決水竜和水龍的時候，我就已經確認黑暗系列的魔法不會受到水的影響。
暗黑魔法保持著在陸地上使用時的威力，襲向人偶蜘蛛。
即使能力值再怎麼強大，只要身體無法活動就無法加以運用。
牠們用來向我反擊的魔法，也打不中能夠在水裡活動的我。
……對不起，我說謊了。
因為我的游泳技能等級不高，還不太能在水中自由活動，所以沒辦法完全避開攻擊。
不過，沒關係。
我的魔法防禦力很強，就算是人偶蜘蛛的魔法，也沒辦法造成太大的傷害。
……對不起，我又說謊了。
那些魔法超痛的。
因為人偶蜘蛛很強嘛。
就算我的魔法防禦力再怎麼強，也還是會受到不小的傷害。
不過，沒關係。
因為重點是讓人偶蜘蛛朝我發射魔法。
只要能力值破萬，魔法的威力就會變得足以引發天地異象。
只要有那個意思，人偶蜘蛛應該也能摧毀這個小房間。
為了不讓牠們發現這件事，我才會把必須攻擊的明確敵人擺在牠們眼前。

換句話說，我就是誘餌。

如果人偶蜘蛛能再稍微冷靜一點，應該就會先動手破壞小房間。

不過，因為我就在牠們眼前，而且還不斷發動攻擊，牠們當然會想要把我解決掉。

在因為無法呼吸而失去冷靜的情況下，牠們更是不可能想到正確的對策。

我一邊不斷用魔法攻擊人偶蜘蛛，一邊慢慢吸進裝在空納裡的空氣。

這樣我就不會窒息了。

可是那些人偶蜘蛛呢？

牠們不可能有辦法在水中呼吸。

蜘蛛可沒有那種方便的能力。

因為蜘蛛又不是魚。

原本就沒有能夠進到水裡的身體結構。

雖然能力值的強弱可能會對肺活量造成影響，但需要氧氣的生物不可能一直不呼吸。

而且越是活動，氧氣的消耗量就會越多。

既然牠們用魔法跟我對轟，那氧氣很快就會用盡。

我不需要用魔法耗光人偶蜘蛛的ＨＰ。

只需要吸引人偶蜘蛛的注意力，等牠們窒息就行了。

雖然我也必須為此承受人偶蜘蛛的魔法，但是根據我的計算，強大的魔法防禦力和忍耐這個技能的效果，應該能讓我勉強撐過。

即使受到比計算中還要多的傷害，我也還有不死這個技能。

就算我被打到陷入無法行動的假死狀態，到時候，這些人偶蜘蛛也應該會因為缺氧而失去戰力。

我很懷疑牠們在那種狀態下能不能使出足以破壞小房間的魔法，就算真的有辦法，被破壞的小房間也會倒塌。

對於衰弱的人偶蜘蛛來說，被活埋應該會很難受吧。

雖然我也會被一起活埋，但是有不死的我不會死亡。

在最糟糕的情況下，我也可能會就這樣醒不過來，一直被活埋下去。但不冒著一點危險，就沒辦法跟強者對決。

即使戰況完全倒向我這邊，人偶蜘蛛還是比我強大。

戰況會如此一面倒，反倒讓我覺得不可思議。

其中一隻人偶蜘蛛胡亂揮舞六隻手臂，開始攻擊天花板。

但因為體內浸水，用來移動身體的絲被弄濕，牠似乎無法順利地揮舞手臂。

緩緩揮舞的武器打在天花板上，因為沒有威力，天花板也毫髮無傷。

儘管如此，為了保險起見，我還是朝向那隻人偶蜘蛛發射魔法，阻礙牠的行動。

因為溺水而痛苦掙扎的人偶蜘蛛們就這樣逐漸失去抵抗能力，最後終於動也不動。

因為同時擊敗六隻比我更強的魔物，我的等級一口氣提升了。

但我還是沒辦法放心。為了保險起見，還對每一隻人偶蜘蛛發動鑑定，確認牠們是不是已經斷氣。

結果六隻都變成浮屍了。

就算能力值超強，也會像這樣輕易死去。

雖然我這次是算計別人的一方，但我以後也不能因為對手比自己弱就掉以輕心。

總之，我成功地一口氣殲滅掉麻煩的敵人了。

剩下的敵人還有魔王、老媽和另外五隻人偶蜘蛛。

S10 轉生者們的聚會

工藤同學帶我們來到的地方是餐廳。

在妖精之里，都是把樹木挖空做成房屋。

這間餐廳是用比較大的樹木建成，但擺滿了桌椅的內部還是有點擠。

我不由得想起國中時參加過的校外教學活動。

餐廳裡已經有四名少年少女正在做菜。

其中一名少年看到我們——

他用疑惑的眼神看向我和卡迪雅，在看到菲時果然變了眼神。

看來真的很多人不管過了幾年都還記得菲。

這也是因為菲給人的印象太過強烈吧。

「工藤同學，他們三人難不成是……」

「嗯，答對了。」

工藤同學叫正在做菜的四人暫時放下工作。

大家都分別坐在自己平常的位子上，只有我們三人和代表其他人的工藤同學站在餐桌前方。

「可以先麻煩你們重新自我介紹嗎？」

「我是山田俊輔。」

「大島叶多。」

「我想你們應該看得出來吧，我是漆原美麗。」

我們依序作完自我介紹後，周圍立刻發出一陣騷動。

絕大多數的視線都集中在卡迪雅身上，這可能也是沒辦法的事情吧。

「你們真的是俊和叶多嗎？」

剛才正在做菜的少年如此問道。

「嗯。」

聽到我這麼回答，少年露出滿面笑容：

「真是好久不見！」

那笑容讓我覺得似曾相似。

就算五官改變了，我也依然記得那種平易近人的感覺。

「你是小荻嗎？」

「對。真虧你猜得出來。」

「會露出那種熱情過頭的笑容的人，也就只有你了吧。」

這個笑得合不攏嘴的傢伙正是小荻，全名是荻原健一。

他是我朋友，參加的社團是足球社。

順帶一提，大家之所以不用名字，而是用姓氏幫他取了小荻這個綽號，是因為這樣才不會跟前世的由古——夏目健吾撞名。

繼小荻之後，其他人也開始自我介紹。

其中有讓我覺得懷念的傢伙，也有跟我交情不深，只依稀記得有這個人的老同學。

這裡一共有十三位轉生者。

比起老師告訴我們的十一位又多了兩位。

那兩人就是田川邦彥和櫛谷麻香。

「田川和櫛谷當過冒險者嗎？」

「是啊。轉生到異世界就要當冒險者，不是一種規定嗎？」

「不，我不知道這種規定。」

田川和櫛谷原本似乎是傭兵團的成員。

這是因為他們的雙親都是那個傭兵團的成員，讓他們像是青梅竹馬一樣一起被撫養長大。

可是那個傭兵團在跟魔族的戰爭中毀滅了。

於是他們趁此機會，轉職成冒險者展開活動。

在他們活動的過程中，妖精主動跟他們接觸，把他們帶到這個妖精之里。

他們似乎是最近才抵達這個妖精之里。

「話說，為什麼叶多會變成那種美女？」

「我才想問呢……」

面對小荻的問題，卡迪雅垂著肩膀如此回答。

看來改變性別的人就只有卡迪雅。

「妳還算好了，至少還是人類。我可是魔物耶。」

菲提到自己的身分，讓女生們一陣騷動。

她們最後不知為何跑去撫摸菲的翅膀，開始嘰嘰喳喳吵個不停。

不管怎麼說，菲都曾經是班上女生的核心人物。

女生自然而然聚集在菲身旁，男生則聚集在我和卡迪雅身旁。

在這裡的十三個人之中，有五人是男生，剩下八人則是女生。

因為雙方的人數有差距，男生似乎都覺得有些不自在。

我們開始交換情報。

「也就是說，夏目那個笨蛋率軍打過來了嗎？」

「沒錯。」

面對田川的問題，我嚴肅地點了點頭。

「夏目啊……」

小荻的表情有些複雜。

雖然他跟我們很要好，但是跟由古的交情也不錯。

聽說交情不錯的老朋友變成那種壞蛋，他當然會受到打擊。

其他男生也是同樣的反應，不過表情都顯露出「如果是夏目的話，確實有可能這麼做」這樣的想法。

前世的夏目不會像現在這樣做出脫序的行為，但依然是個蠻橫霸道的討厭鬼。

就算沒有親口說出來，內心暗自討厭夏目的男生其實不少。

也許是因為這樣，他們才會有「那傢伙確實可能那麼做」這樣的負面感想。

「妖精不會告訴你們這些外界的情報嗎？」

聽到卡迪雅這麼問，小荻稍微愣了一下才回答：

「是啊，因為妖精一直盡量避免跟我們扯上關係。」

「這樣啊……話說回來，你剛才怎麼愣了一下？」

卡迪雅如此追問，讓小荻和周圍的男生們看向彼此。

「呃……要是讓妳覺得不舒服的話，我道歉。該怎麼說呢……因為我覺得很不自然，沒辦法把眼前的美少女當成那個叶多……」

小荻的解釋讓所有男生頻頻點頭。

這讓卡迪雅露出複雜的表情。

「我想也是。」

「啊，抱歉！妳應該也不是自願變成女生，我知道妳一定吃了很多苦頭！雖然心裡明白，但我還是沒辦法不把妳當成別人……」

小荻越說越無力的話語，彷彿象徵著他不知道該如何面對卡迪雅的心情。

「說得也是。嗯，我不會在意的，你們就正常地跟我相處吧。」

「就算妳這麼說，我也……」

「如果你們真的那麼在意，我就去女生那邊了。你覺得呢？」

「請妳務必留在這邊！」

小荻死纏爛打的程度非比尋常。

讓人能夠輕易看出他別有企圖。

畢竟卡迪雅是令人驚豔的美少女。

光是能夠跟這種美少女說話，他應該就很高興了吧。

「你之前都跟叶多和漆原一起旅行吧？左擁右抱耶，真是羨慕……」

小荻的話語中，顯然充滿了對我的嫉妒。

也不管其中一位女主角就在他面前。

「可是對象是叶多和那個漆原耶。」

幫我說話的人是田川。

「再說，來到這裡我才發現，轉生者全都是俊男美女不是嗎？」

聽到田川這番話，我再次看向周圍眾人的臉。
的確，每個人的五官都相當端正。
我前世的長相很平凡，除了鶴立雞群的若葉同學和菲這些少數人之外，班上同學絕大多數都是平凡的長相。
不過，雖然有著類型上的差異，但在場的轉生者全是俊男美女。
不曉得是不是讓我們轉生的神明大人好心地如此安排，似乎有很多相貌出眾的轉生者。
「確實如此，這樣還抱怨的話，好像有點說不過去喔。」
聽到卡迪雅半開玩笑地這麼說，小荻只好投降。
我有種自己彷彿回到前世的錯覺。
不過，那終究只是錯覺。
因為大家在今世都度過了跟我一樣長的時間。
「那……大家幾乎都是被妖精拐到這裡來的嗎？」
當我沉浸在感概之中時，話題已經轉到大家被妖精帶來這裡的過程了。
面對卡迪雅的問題，小荻等人老實地點了點頭。
「雖然大家的情況都不太一樣，但最多的是被父母賣掉。至於手鞠川就真的是被拐來的。」
小荻這番話讓我有些頭暈，而這八成不是我的錯覺。
我之前一直相信老師的轉生者保護活動是出於善意，但現在突然覺得其中並不單純。

大家都是跟奴隸一樣被錢買下，或是遭到誘拐。
我大受打擊，卡迪雅卻意外地平靜。
「妳不驚訝嗎？」
「驚訝是驚訝，但我在某種程度上早就預料到了。」
卡迪雅打從一開始就在懷疑老師。
所以才會對各種可能性做出預測。
包括老師可能採取非法手段。
我想起之前跟蘇菲亞對峙時的對話。
蘇菲亞對老師說過「妳自己不也是殺了一堆？」這樣的話。
我當時認為老師肯定有什麼苦衷，現在也不認為那個老師會毫無理由動手殺人。
不過，雖然這麼想，我內心的某處還是開始懷疑老師了。我無法否認這件事。
我想相信她，但無法徹底相信。
妖精族真的值得我們保護嗎？
如果由古攻打這裡，為了保護這裡的轉生者們，我當然不得不戰鬥。
更何況，我自己也想跟由古做個了斷。
不過在那之後，我到底該怎麼做才對？
聽完大家的話，我知道住在這裡的大家或多或少都對現狀感到不滿。

不滿這種受到妖精監視的生活。

從他們直到剛才都還在工作這點，可以猜到他們似乎在這裡過著幾乎自給自足的生活。

在田裡種植蔬菜，飼養動物取得食用肉。

如果是無法靠自己弄到的東西，好像會由妖精負責提供，但生活所需的物資似乎有一大半都是他們自己生產出來的。

住在這裡的大多數轉生者們聽說都是在嬰兒時期，或是照理來說還不懂事的幼年時期就被帶來。

雖然當時是由妖精負責照顧他們，但這些協助也逐漸減少。現在除了監視和補給物資的時候之外，雙方已經完全沒有接觸。

「妖精好像不想讓我們做多餘的事情。」

小荻的推測肯定是正確的吧。

妖精不希望轉生者鍛鍊技能。

根據老師的說法，這是為了妖精與管理者之間的戰鬥。

不過，真的只有這樣嗎？

只是為了這個目的，就能讓妖精不惜犯罪也要收集轉生者，逼迫他們過這種生活嗎？

我總覺得其中還有某種我們不曉得的原因。

難道那就是老師隱瞞的事情？

那對我們而言到底是好事還是壞事？

我不知道答案。

不過，比起那種事情，現在的當務之急是解決由古這件事。

等到解決這件事，我恐怕得找機會跟老師好好談談。

結果很可能讓我跟妖精為敵。

我懷著悶悶不樂的心情，繼續聽著小荻等人的話。

跟老朋友們重逢的這場聚會氣氛熱絡，我們那天一直聊到太陽下山。

這樣我就幾乎見過所有轉生者了。

還沒見過的，只有聽說已經死掉的四人，還有剩下兩人。

其中一人是我和卡迪雅的摯友——笹島京也。

當老師提到蘇菲亞時，曾經這麼說過。

——她的名字是蘇菲亞．蓋倫，前世的名字是根岸彰子，也是投靠管理者的其中一位轉生者。

投靠管理者的其中一位轉生者……

這不就表示除了蘇菲亞之外，還有其他投靠管理者的轉生者嗎？

仔細想想，當我們想要向老師打聽京也的事情時，她露骨地轉開了話題。

那應該就是那麼回事吧。
老師知道他的下落，卻沒有告訴我們。
如果是這樣，很多事情都說得通了。
我全都想通了。
我沒有告訴卡迪雅這件事。
卡迪雅肯定比我還要早得到這樣的結論。
然後，如果是卡迪雅，應該會想得比我更遠。
那就是老師為什麼要隱瞞那件事。
我至今一直認為，老師對我們有所隱瞞是因為有某種理由。
因為我相信老師不可能毫無理由就對我們有所隱瞞。
我認為其中肯定有什麼不能讓我們知道的理由。
而那可能是一旦被我們知道，就會對我們不利的某種事情。
不過，在聽完大家今天說的話之後，我發現這說不定只是我的誤會，那可能是一旦被我們知道，就會對老師不利的事情。
京也的事情也是一樣。也許只是因為被我們知道會對老師不利，她才故意不說。
我不由得如此懷疑。
我想相信她，但開始變得無法相信。

等到跟京也重逢的時候，這種鬱悶的心情是不是就會消失呢？

欸，京也。

你現在到底在哪裡？

我是不是有可能必須與你為敵？

沒人回答我的問題。

Hugo Baint Rengxandt

由古・邦恩・連克山杜

他的本名是由古．邦恩．連克山杜，是連克山杜帝國的王子，同時也是擁有身為日本高中生的前世記憶的轉生者。前世的名字是夏目健吾。轉生前就是有錢人，認為自己是天選之人，而轉生成王族加劇了他的這種想法。他身為帝國的唯一繼承人，在成長過程中受到旁人溺愛，沒有一個人制止他，才會導致他的行動越來越激進。有著自我中心的個性，只要自己不是第一名就無法滿足，嫉妒比自己更有才能的俊，在試圖排除他時慘遭失敗。對此懷恨在心的他，胸中燃燒著復仇之火。

幕間　管理者手下的轉生者

「嗨。」

「哎呀，你來這裡沒問題嗎？」

「別待太久就行。」

「是喔。那你來做什麼？」

「真過分，虧我好心過來轉達妳主人的傳言……」

「……主人說了什麼？」

「她說之後要懲罰妳。」

「……為了哪件事？」

「天曉得，這個問題應該要問妳吧？」

「有可能的事情太多了，所以我才要問你啊！」

「我想八成是為了妳對老師出手那件事吧。」

「那是正當防衛。」

「這可難說，我覺得那已經算是防衛過當。算了，要辯解別找我，直接去跟她本人說吧。」

「主人不可能聽我辯解吧。」

「說得也對。那妳要乖乖受罰嗎？」

「當然不要。」

「我可不認為妳有辦法逃過一劫。」

「啊～啊～啊～我什麼都聽不到。」

「別做這種幼稚的行為。」

「吵死了。先別管這個了，妖精之里攻略作戰……你可別搞砸了喔。」

「我不可能搞砸。」

「嗯，我想也是。不過，對方不是多了兩位麻煩的轉生者了嗎？」

「妳是說田川和櫛谷同學對吧？」

「他們當過冒險者，實力應該不差吧？」

「也只是不差而已。」

「那就好……」

「蘇菲亞，妳不是親眼確認過了嗎？就連勇者的實力都遠遠比不上我們。」

「是啊。可是主人也說過吧，能力值並非一切。」

「就算能力值遠遠勝過對方，會被幹掉的時候還是會被幹掉。我明白這個道理，不會掉以輕心。」

「那就好。反正妖精族一定還有隱藏的王牌，要是在這種地方不小心被幹掉的話就蠢斃了，你應該也不想要那種死法吧？」

「確實如此。啊，對了，我剛才提到的勇者一行人，好像已經抵達妖精之里了。」

「哎呀？我還以為經過上次的對決，那些傢伙應該已經明白自己打不贏我才對。」

「他們應該是明知如此也不願退讓吧？真像是俊會做的事。」

「是喔。」

「妳好像對他不太感興趣。」

「我確實對他不感興趣。」

「我倒是對他挺感興趣。」

「因為前世的交情？」

「對。我很期待看到我們重逢的時候，俊和叶多臉上的表情。」

「不要為了雜務而疏忽正事喔。」

「這我明白。」

「是嗎？那我期待你的表現。你就盡全力大鬧一場吧。」

「我會這麼做的。」

「那我也久違地認真一下吧。」

「真是可怕。」

「不管怎樣，就算我們沒拿出真本事，妖精之里也會毀滅。因為主人將會親臨戰場。」

11 弒母

太順利了！

哇哈哈哈哈！

一口氣解決人偶蜘蛛之後，我因為計畫太過順利而笑個不停。

在那之後，我又成功解決掉一隻人偶蜘蛛。

魔王立刻就發現有六隻人偶蜘蛛被解決，迅速做出對策。

她把在艾爾羅大迷宮留守的一隻人偶蜘蛛派來負責防守。

然後我再次用水攻解決掉那隻人偶蜘蛛。

魔王似乎知道之前那六隻為何戰敗，人偶蜘蛛事先取得了游泳這個技能。

但是影響不大。

我把人偶蜘蛛關起來，用水灌滿房間，然後用短距離轉移逃到外面靜靜等待。

不可思議的事情發生了！

小房間居然倒塌，把人偶蜘蛛活埋了！

我當然不認為同一招還會成功，這次只想讓小房間倒塌並趁機逃跑，所以馬上就逃出房間。

如果我不在小房間裡面，對方也沒必要刻意待在水中。
人偶蜘蛛應該是想要打破牆壁或天花板逃離小房間。
但沒想到我會事先動手腳，讓小房間變得容易倒塌。
於是，我設計出輕輕碰一下就會有大量岩石和砂土落下的超棒房間。
我只是用土魔法稍～微動點手腳就輕易完成了。
因為這個陷阱而被活埋的人偶蜘蛛，被我連同大量土石一起轉移到其他地方。
直接轉移到中層的岩漿之中。
因為轉移過去的東西太多，人偶蜘蛛的魔法抵抗力又強，讓我用掉大量ＭＰ，還花了不少時間呢。
不過，因為人偶蜘蛛被倒塌的岩石砸傷，身體還處於動彈不得的狀態，所以魔法還是趕在牠成功脫逃之前就完成了。
我成功地把敵人丟進岩漿。
為了保險起見，我還跑去中層確認人偶蜘蛛的死狀，結果發現牠居然活著逃出岩漿。
因為我是把人偶蜘蛛連同土石一起轉移過去，所以這些土石似乎多少有起到一點保護效果。
儘管如此，敵人還是處於全身嚴重灼傷，體內的絲全都燒光，人偶外殼也化為焦炭的淒慘狀態。
雖然就算放著不管，敵人應該也會死，但我還是給牠最後一擊，換來大量的經驗值。

這樣我就成功擊敗七隻人偶蜘蛛了。

雖然還剩四隻，但也不是沒辦法對付。

魔王似乎也發現這件事，讓剩下四隻一起行動。

在必須同時對付四隻的情況下，我實在想不出該如何打贏，所以目前還不敢出手。

不過讓四隻人偶蜘蛛一起行動，就表示牠們的搜索範圍也會變小。

我輕鬆自在地避開人偶蜘蛛，趁機一口氣擴展在外面的活動範圍。

魔王依然在追殺我，但只要我能事先察覺對方接近，不斷用轉移逃跑的話，照理來說不會被抓到。

我忙著在外面擴展行動範圍，一旦快要被追上，就回到艾爾羅大迷宮狩獵剩下的蜘蛛。

雖然我拿魔王這個壓倒性的強者毫無辦法，但反而是對方的整體戰力一直在削弱。

轉移實在是太好用了。

不，是空間魔法和次元魔法太過犯規。

我之所以能夠玩弄魔王到這個地步，全是多虧了這種魔法。

能夠擊敗人偶蜘蛛也是這種魔法的功勞，我已經不能沒有轉移了。

老媽的手下幾乎全死光了。

連一隻超級蜘蛛怪都不剩，上級蜘蛛怪也沒了。

雖然還有一些成年體蜘蛛怪，但那種傢伙連戰力都算不上。

魔王似乎放棄在艾爾羅大迷宮裡部署人偶蜘蛛，才讓我在裡面肆意妄為，取得這樣的戰果。

敵方在艾爾羅大迷宮裡唯一的戰力，就只剩下老媽。

但老媽也已經是風中殘燭。

我利用睿智大人的標記功能發動遠距離鑑定。

〈女王蜘蛛怪（衰弱狀態）　ＬＶ89

能力值　ＨＰ：６４８８／６４８８（ＭＡＸ２４５５７）（綠）＋０（詳細）
ＭＰ：５９１１／５９１１（ＭＡＸ２２３０１）（藍）＋０（詳細）
ＳＰ：６１３４／６１３４（ＭＡＸ２３０９７）（黃）（詳細）
：６１３４／６１３４（ＭＡＸ２３９９１）（紅）＋０（詳細）
平均攻擊能力：６４５６（ＭＡＸ２４３３９）（詳細）
平均防禦能力：６４４７（ＭＡＸ２４２８６）（詳細）
平均魔法能力：５８７２（ＭＡＸ２１９７７）（詳細）
平均抵抗能力：５８６９（ＭＡＸ２１９４６）（詳細）
平均速度能力：６４３３（ＭＡＸ２４４００）（詳細）
〉

雖然省略了技能的部分，但牠的能力值已經大幅下降。

這也是平行意識們努力的成果。

雖說平均能力值還有六千左右，但比起原本的數值已經算是削弱非常多了。

只差一點，就能下降到原本的四分之一。

打七折根本就是跳樓大拍賣嘛！

那個大怪獸的能力值如今已經低於人偶蜘蛛。

相較之下，經過這陣子的激戰，我的等級迅速提升。

我目前的等級是24。

想到我不久之前才剛進化，這種升級速度已經算是非常驚人了。

原因則是連續擊敗以人偶蜘蛛為首，包含超級蜘蛛怪和上級蜘蛛怪在內的許多強大魔物。

因為我還在海上擊敗大量水竜，甚至連水龍都打贏了，當然會得到相當多的經驗值。

反倒是擊敗這麼豪華的陣容還只能升到24級，讓我覺得太慢了。

因為我累積了許多次的進化，升級速度當然會變慢。

至於我等級提升後的能力值，其實已經不會輸給現在的老媽。

魔法攻擊力和魔法防禦力都超過一萬九。

已經快要突破兩萬大關了。

而且ＭＰ已經超過兩萬。

數值第二高的速度則是１３０００。

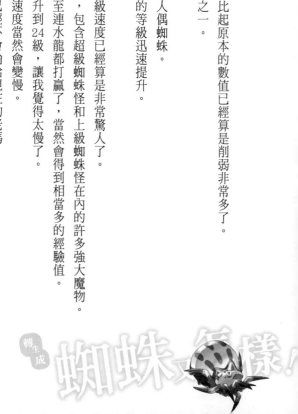

這項數值也已經破萬，比人偶蜘蛛還要更高。

這樣一來就算被追上，我也有辦法跑掉！

不過，ＳＰ只有４５００，讓我有些不放心，要是演變成持久戰，我大概會被追上。

雖然在此之前我會用轉移逃走就是了。

ＨＰ是７５００。

物理攻擊力和物理防禦力則是５０００。

雖然我的物理攻擊力和物理防禦力，還有ＳＰ都稍微遜於老媽，但除此之外的能力值全是我比較高。

尤其是魔法的相關能力值，差不多有老媽的三倍之多。

老實說，憑我現在的能力值，就算不用陷阱正面對決，我也能在一對一的情況下戰勝人偶蜘蛛。

如果是能力值變得比人偶蜘蛛還要弱的老媽，我應該能打贏吧？

事情就是這樣，我決定向老媽發動突擊！

母親大人，現在正是孩兒超越您的時刻！

老媽目前的所在位置居然是艾爾羅大迷宮最下層。

因為我不曾去過那裡，所以必須徒步前往。

在過去跟亞拉巴死鬥的縱穴深處，有一個通往最下層的洞穴。

我沿著洞穴往下前進，終於踏進可說是這座迷宮最深處的最下層。

最下層跟上面幾層不一樣，是一個廣大的空間。

沒有道路，就只有狀似巨蛋的空間。

地面跟天花板之間的距離，應該有幾百公尺吧。

這個無比遼闊的空間廣大到沒辦法用肉眼看到盡頭。

雖然只要發動萬里眼就能看到盡頭，但我暫時不打算這麼做。

因為老媽正一派輕鬆地站在我面前。

再次近距離仰望牠的巨大身軀，我還是覺得好大。

第一次見到牠，是在我剛出生的時候。

看到當時在我頭頂上的老媽，我只能怕得渾身發抖。

老實說，我現在還是很害怕。

那種巨大的身軀，光是存在就充滿魄力。

簡直就是大怪獸。

巨大的八顆眼睛，看起來就跟我的身體差不多大。

在我至今見過的魔物之中，沒有比老媽更大的傢伙。

總覺得那個龐然大物光是壓過來，就能把我的身體壓扁。

嗯，再看一次還是覺得牠是怪物。

我早就知道這件事，要是牠沒有變弱，我也不可能正面向牠挑戰。

就連牠已經變弱的現在，我都還會覺得自己的行動太過輕率。

八顆大眼睛狠狠地瞪向我。

好……好可怕！

不行！我不能畏懼！

因為我的能力值更強！

我沒有理由會輸！

老媽踏出沉重的一步，將巨大的腿揮了過來。

如果要形容的話，這就只是平凡無奇的踐踏攻擊。

只不過，這可是超重量級的老媽的一踩。

無關乎能力值，單純的物理質量暴力向我襲來。

老媽的能力值確實降低了。

但牠的重量並沒有因此減少。

我無法想像老媽的體重到底有幾公噸，但要是被帶有牠全身體重的這一腳踩到，我絕對不可能沒事。

話雖如此，但我的速度比現在的老媽快上兩倍。

我能輕易避開這一擊。

我以為自己可以。

當我發現時，事情已經到了無可挽回的地步。

我的腳動彈不得。

並不是因為恐懼而腿軟。

我的腳緊緊黏在地上，完全無法移動。

彷彿被釘在地上一樣，我無法把腳舉起。

我趕緊看向地面。

然後終於發現。

我的腳並不是踩在地上。

我眼中的地面，其實是一層鋪在地上的絲。

那是顏色和質感都跟地面完全一樣的蜘蛛絲。

我所擁有的技能，沒辦法改變絲的顏色和質感。

不過，老媽擁有的技能比我還要高級。

神織絲——

那是絲的最上級技能。

也是蜘蛛最強的技能。

整個地面都偷偷覆上織成布的絲，還用隱蔽這個技能讓人很難看出那是絲。

然後，當我踩上去的瞬間，黏性就發揮效用。
把我的腳緊緊抓住。
簡單來說，這就是跟黏鼠板差不多的東西。
我完全中了這種單純的陷阱。
不得不感嘆自己的疏忽大意。
我應該最清楚這個道理才對。
就算面對比自己更強的敵人，只要善用陷阱，就能找到勝機。
因為我就是這樣一路贏過來。
不過，我這次反倒成了踩進陷阱的一方。
而且雖說處於衰弱狀態，但對手原本的實力比我更強。
即使能力值稍微減弱，技能也依然健在。
絕非能夠小看的敵人。
因為對手可是陷阱大師——蜘蛛的女王。
老媽巨大的腳隨著巨響踩了下來。
我在千鈞一髮之際切斷自己的腳，避開攻擊。
雖然這算不上以絲攻絲，但我用斬擊絲切斷自己的腳，成功掙脫束縛，逃離原地。
話雖如此，我也只是避開老媽的攻擊，ＨＰ還是因為自殘而減少了。

我趕緊對從中砍斷的腳施放治療魔法

因為沒辦法踩在地上，我一邊用空間機動在空中奔跑，然後遠離老媽。

我想要拉開距離，但身體反而被吸向老媽。

老媽張開血盆大口，把空氣吸了進去。

我以前曾經在中層見過鯰魚施展這招。

那八成是利用飽食這個技能吸進空氣，把對手吸向自己的應用技巧。

即使鯰魚使出這招，我也完全不為所動。

但這次可是換成體型和能力值都遠遠勝過鯰魚的老媽使出這招。

現場吹起彷彿颱風過境般的狂風，把我的身體強制送往老媽的嘴巴。

在前方等待著我的是老媽的胃，要不然就是那對利牙。

我發動風魔法抵銷老媽嘴巴的吸力，還把引斥的邪眼施加在自己身上，讓身體遠離老媽。

光是抵抗就已經耗盡全力，我根本無暇治療腿傷。

當我拚命對抗暴風時，風突然停了。

在此同時，我感受到非比尋常的寒意。

我不顧一切地逃跑。

下一瞬間，肉眼看不見的某種東西撼動整個空間。

那是老媽吸入的大量空氣。

老媽用射出這個技能把那團空氣吐出來了。

那只不過是空氣。

不容小覷的空氣。

伴隨著不遜於老媽曾經施展過的特大號吐息的衝擊力，壓縮後的空氣彈讓迷宮的最下層為之震撼，我的身體也受到重創。

我好不容易才避免被直接擊中。

然而身上的各個角落都發出了哀號。

光是餘波都能讓我受到重創。

即使能力值減弱，老媽還是強大到一般魔物無法比擬的程度。

我想要重整態勢，好不容易才在空中穩住身體。

不過老媽沒有給我那種時間，直接把地板掀了起來。

正確來說，應該是偽裝成地板的蜘蛛絲才對。

地板就這樣往上升起，向我追了過來。

我想要往上逃跑，卻看到某種東西正在下降，驚訝得說不出話。

天花板掉下來了。

正確來說，應該是偽裝成天花板的蜘蛛絲才對。

不光是地板。

這一帶的地板、牆壁和天花板都覆蓋著一層絲。

而這些絲正同時向我逼近。

我無路可逃。

從四面八方進逼而來的絲海，包覆住無從抵抗的我。

由於全身都被包得緊緊的，我沒辦法像剛才那樣靠著切斷身體的一部分來掙脫蜘蛛絲。

如果我想要那麼做，就非得把身體切成碎片不可。

話雖如此，但如果不設法掙脫，我就會被一腳踩扁。

因為我有不死，所以不至於死掉，但萬一我進入假死狀態，肯定會被魔王追上。

要是被她追上，那這次就真的結束了。

因為即使我擁有不死，她還是有辦法對付。

我努力平復焦急的心情，思考掙脫的手段。

如果不快點掙脫，我就會被老媽踩扁。

我發動暗黑魔法，試圖撕裂蜘蛛絲，但一點效果都沒有。

就連高達１８０００的魔法攻擊力也完全無效，這絲也未免太強韌了吧。

我深切體認到自己至今一直仰仗的蜘蛛絲變成敵人時有多麼可怕。

就算我想發動轉移，也因為焦急而無法順利地建構術式。

而且因為轉移魔法的難度很高，所以需要一點時間才能完成術式。

我不認為老媽會給我那點準備時間。
我正在建構的魔法突然被打散了。
為什麼！
我連焦急的時間都沒有。
事已至此，我不能繼續保留實力了！
腐蝕攻擊！
我讓鐮刀附帶腐蝕攻擊的效果，一口氣把絲砍斷。
就算是老媽的蜘蛛絲也無法抵擋腐蝕攻擊，被我成功斬斷。
話雖如此，砍起來就像是拿著不鋒利的剪刀把布切開一樣。
我把所有力量灌注在鐮刀上，硬是把絲斬斷，然後作好失去一層薄皮的覺悟，對自己發射魔法，把黏在身上的絲轟掉。
儘管全身傷痕累累，我還是成功掙脫束縛，卻看到老媽的腳已經逼近眼前。
逼近眼前的巨大蜘蛛腳完全占據了我的視野。
來不及閃躲了。
我好像聽到噗滋噗滋，啪嚓啪嚓的聲音。
我好不容易才死守住頭部，其餘身體則被老媽一腳踩扁。
我再次變成一顆蜘蛛頭顱。

我發動念動力，讓腦袋浮在空中。

但因為念動力不容易控制，我沒辦法隨心所欲地行動。

打從剛才開始，我就沒辦法順利發動魔法。

理由在於老媽的技能——龍結界。

那是能夠展開跟龍鱗系技能同樣效果的結界的技能。

也就是說，這個技能可以妨礙魔法的建構。

可說是我的天敵。

這種結界原本應該只能在自己身體附近展開，但老媽擴展了結界的範圍，讓我無法發動魔法。

即使我擁有魔導的極致，在這種狀況下也無法發動困難的魔法。

換句話說，我無法進行轉移。

我無法逃跑。

身體只剩下一顆頭。

魔法也被封印一半。

我走投無路了。

不管如何掙扎，都看不到扭轉戰局的機會。

鋪天蓋地的絲進逼而來。

為了給我最後一擊，老媽開始準備發射吐息。
如果在這裡進入假死狀態，我肯定再也不會醒來。
事情怎麼會變成這樣……
這就是懷著「只要能力值比較強就能打贏」這種樂觀的想法，毫無準備就挑戰老媽的結果。
沒想到至今一直利用陷阱擊敗敵人的我，居然會反過來被陷阱擊敗。
因果報應。
這就是我得意忘形的報應。
回憶有如走馬燈般在腦海中浮現。
轉生為蜘蛛後，我逃離老媽和兄弟們互相廝殺的戰場。
蓋了自己的家，卻被人類放火燒掉，只能倉皇逃命。
因為人類的追殺而摔落到下層。
然後在那裡逃離亞拉巴的魔掌。
為了逃出恐怖的下層，我前往中層。
成功回到上層後，我下定決心要改變過去那種只能一味逃跑的生活。
不過，就算走出迷宮，我果然還是過著被老媽和魔王追殺的逃亡生活。
哈哈，像這樣回顧往事之後，我才發現自己的蜘蛛生都在逃跑。
我不想逃跑，想要得到力量，讓自己不用繼續逃跑。

即使懷著這樣的願望，結果我的蜘蛛生還是一直在逃跑。

最後還輕易地掉進陷阱裡死掉。

遜到讓人想笑。

完全沒有值得誇耀的事情。

跟拚盡自己的一切，最後滿足逝去的亞拉巴差多了。

我想活下去。

我不想死。

所以我不斷逃離會讓自己死亡的事物。

就只有無路可逃或是有勝算的時候才會放手一搏。

我不曾主動面對真正絕望的戰鬥。

我無論何時都處於被動，不曾挑戰沒有勝算的戰鬥。

就連跟亞拉巴的決戰，我也是做足了準備，確定自己能贏才敢挑戰。

我這次並沒有做好準備工作。

而且老媽的實力超出我的預期。

我都能猜到會說話的魔王有著不遜於人類的智慧了，只要回想身為其手下的老媽過去的行動，就應該要知道牠的腦袋相當聰明才對。

然而，我居然只因為能力值比較強這個理由，就認定自己一定會贏。

這是我的失誤。

儘管遭遇靈魂被啃食這種過去不曾經歷的攻擊，老媽也沒有放過這個失誤。

自己的精神遭到啃食，絕對是超乎想像的可怕事情。

在自我隨著時間逐漸消失這樣的絕望狀況之下，老媽也沒有放棄希望，在拚命掙扎的最後，成功將勝利納入掌中。

總覺得這樣的牠，就跟無路可逃時的我一樣。

沒想到我會在這種關頭對老媽抱有親近感。

如果被幹掉的傢伙不是我，我應該會高呼「真不愧是我老媽！」吧。

我要在這裡被幹掉了。

在不斷逃跑的最後，我居然落得如此難堪的下場，輸得一蹋糊塗，連一點值得誇耀的地方都沒有。

我已經不可能扭轉戰局。

不過，我可不會被白白幹掉！

直到失去意識的那一瞬間，我都要繼續掙扎！

至少要讓老媽把我當成直到最後都不能掉以輕心的強敵，永遠記在腦海之中！

這麼一來，我這一生至少還有點意義。

來吧，就讓我在最後死命掙扎一番吧。

〔就是要有這種氣勢！〕

一道聲音突然在腦海中響起。

那是應該正在跟眼前老媽的精神體戰鬥的其中一位平行意識的聲音。

看到身為本體的我陷入危機，她似乎就回到這邊的身體了。

不過，事到如今就算平行意識回來，應該也幫不上忙……

就在我這麼想的瞬間，突然感到體內湧出一股非比尋常的力量。

喔喔喔！

到底發生了什麼事情！

〔妳以為老媽降低的能力值都跑到哪裡去了？〕

回到體內的平行意識——前魔法部長一號愉快地如此說道。

如果有臉孔的話，她現在肯定正露出不懷好意的笑容。

〔呵呵呵……在跟老媽的精神體戰鬥時，我們吃掉了牠的精神體，也就是靈魂。而能力值與技能就是靈魂的力量。如果是這樣，那老媽因為靈魂被啃食而減弱的力量，不就當然會來到吃掉牠靈魂的我們身上嗎？〕

也就是說，老媽降低的能力值會加到我身上？

〔正確答案！〕

前魔法部長興奮地如此宣布。

在此同時，至今一直依附在老媽身上的平行意識們全都一起回來了。

我的能力值也與此呼應，迅速提升到難以想像的地步。

〔好啦，開始反擊吧！〕

在前魔法部長的號令之下，所有平行意識同時建構魔法。

成功發動的無數魔法無視於老媽的龍結界，輕易消滅了從四面八方包圍過來的蜘蛛絲。

然後，我同樣使出吐息攻擊，從正面迎擊老媽發出的吐息，還反過來把這一擊推回去，轟飛老媽巨大的身軀。

連我都被自己太過誇張的力量嚇到了。

我同時發動好幾道治療魔法，讓失去的身體瞬間再生。

在感到有些茫然的同時，我再次確認自己的能力值。

〈不死蛛后　LV24　姓名　無〉

能力值　HP：21622／21622（綠）＋0（詳細）
MP：29618／29618（藍）＋0（詳細）
SP：17097／17097（黃）（詳細）

：４１１１／１７０９７（紅）＋０（詳細）

平均攻擊能力：２１１５３（詳細）　平均防禦能力：２１１０４（詳細）

平均魔法能力：２８２８０（詳細）　平均抵抗能力：２８１０７（詳細）

平均速度能力：２５０２１（詳細）

技能

「ＨＰ超速恢復ＬＶ６」　「魔導的極致」　「魔神法ＬＶ７」

「魔力附加ＬＶ10」　「魔法附加ＬＶ２」　「大魔力擊ＬＶ２」

「ＳＰ高速恢復ＬＶ10」　「ＳＰ消耗大減緩ＬＶ10」　「破壞大強化ＬＶ６」

「打壞大強化ＬＶ７」　「斬擊大強化ＬＶ４」　「貫通大強化ＬＶ６」

「衝擊大強化ＬＶ６」　「異常狀態大強化ＬＶ10」　「鬪神法ＬＶ10」

「氣力附加ＬＶ10」　「技能附加ＬＶ７」　「大氣力擊ＬＶ４」

「神龍力ＬＶ７」　「龍結界ＬＶ２」　「猛毒攻擊ＬＶ10」

「強麻痺攻擊ＬＶ10」　「腐蝕攻擊ＬＶ６」　「外道攻擊ＬＶ８」

「毒合成ＬＶ10」　「藥合成ＬＶ10」　「絲的天才ＬＶ10」

「神織絲」　「操絲術ＬＶ10」　「念動力ＬＶ７」

「投擲ＬＶ10」　「射出ＬＶ10」　「空間機動ＬＶ10」

「游泳ＬＶ２」　「眷屬支配ＬＶ10」　「產卵ＬＶ10」

「集中ＬＶ10」
「平行意識ＬＶ９」
「閃避ＬＶ10」
「隱蔽ＬＶ２」
「帝王」
「頹廢」
「風魔法ＬＶ10」
「大地魔法ＬＶ３」
「暗黑魔法ＬＶ７」
「空間魔法ＬＶ10」
「魔王ＬＶ８」
「激怒ＬＶ２」
「怠惰」
「打擊無效」
「衝擊大抗性ＬＶ５」
「暴風抗性ＬＶ４」
「光抗性ＬＶ９」

「思考超加速ＬＶ３」
「高速演算ＬＶ10」
「機率大補正ＬＶ10」
「無聲ＬＶ10」
「斷罪」
「不死」
「暴風魔法ＬＶ１」
「影魔法ＬＶ10」
「毒魔法ＬＶ10」
「次元魔法ＬＶ７」
「忍耐」
「奪取ＬＶ３」
「睿智」
「斬擊大抗性ＬＶ５」
「火焰抗性ＬＶ８」
「大地抗性ＬＶ５」
「暗黑抗性ＬＶ５」

「未來視ＬＶ３」
「命中ＬＶ10」
「隱密ＬＶ10」
「無臭ＬＶ３」
「奈落」
「外道魔法ＬＶ10」
「土魔法ＬＶ10」
「黑暗魔法ＬＶ10」
「治療魔法ＬＶ10」
「深淵魔法ＬＶ10」
「傲慢」
「飽食ＬＶ10」
「破壞大抗性ＬＶ５」
「貫通大抗性ＬＶ５」
「水流抗性ＬＶ１」
「雷光抗性ＬＶ１」
「重大抗性ＬＶ４」

「異常狀態無效」　「酸大抗性ＬＶ７」　「腐蝕大抗性ＬＶ５」
「暈眩抗性ＬＶ８」　「恐懼大抗性ＬＶ２」　「外道無效」
「疼痛無效」　「痛覺無效」　「夜視ＬＶ10」
「萬里眼ＬＶ１」　「咒怨的邪眼ＬＶ８」　「靜止的邪眼ＬＶ７」
「引斥的邪眼ＬＶ５」　「死滅的邪眼ＬＶ５」　「五感大強化ＬＶ10」
「知覺領域擴大ＬＶ８」　「神性領域擴大ＬＶ９」　「星魔」
「天命ＬＶ10」　「天動ＬＶ10」　「富天ＬＶ10」
「剛毅ＬＶ10」　「城塞ＬＶ10」　「韋馱天ＬＶ10」
「禁忌ＬＶ10」　「ｎ％Ｉ＝Ｗ」

技能點數：164500

稱號

「惡食」　「食親者」　「暗殺者」
「魔物殺手」　「毒術師」　「絲術師」
「無情」　「魔物屠夫」　「傲慢的支配者」
「忍耐的支配者」　「睿智的支配者」　「屠竜者」
「恐懼散布者」　「屠龍者」　「怠惰的支配者」
「魔物的天災」　「霸者」

〉

這，是，怎，麼，回，事？

能力值的數值不太對勁。

雖然隨著最近敵人戰力通膨的程度，我的能力值也變強到讓我想笑，但應該沒有強到這種地步吧。

而且我還多了一些奇怪的技能，技能等級也全面提升。

因為我原本沒有龍結界、神織絲和產卵這些技能，所以只能認為是從老媽那邊複製過來的。

而且幾乎所有技能都升級了。

危機瞬間消失，我一口氣變得超強。

這不是少年漫畫主角才有的特權嗎？

這樣我也算是主角了嗎？

﹇不好意思，我知道妳還搞不清楚狀況，但我們差不多該給老媽最後一擊了。﹈

聽到前魔法部長一號這麼說，我看向倒在地上的老媽。

老媽被我的吐息打成重傷。

雖然牠用腳踩在地上，試圖起身，卻支撐不住身體的重量，沒辦法重新爬起。

牠好像連要站起來都辦不到了。

曾經身為絕對強者的老媽，現在正虛弱地倒在地上。

那是一位被自己孩子奪走大半力量，傷痕累累的母親。
話雖如此，但我其實並不把老媽當成母親看待。
就算叫牠老媽，我對牠也不曾懷有親情。
就只有初次見面時感受到的恐懼。
前世時也是一樣，我說不定是個極為不孝的傢伙。
這麼說來，我前世的父母不曉得怎麼樣了？
連父母的臉都想不起來，我這個孩子實在是很有問題。
那對父母肯定也是有問題的父母。
好啦，就讓我這個孩子來送今世的母親上西天吧。
老媽，妳是個偉大的傢伙。
雖然能力值很強大，但更厲害的是即使處於衰弱狀態也能將我逼入絕境。
即使敵人比自己弱小也不能掉以輕心——我會把老媽最初也是最後的教誨銘記在心。
永別了。
我動員所有平行意識，發動魔法。
艾爾羅大迷宮的王者，就這樣嚥下最後一口氣。
我成功擊敗老媽。
這一瞬間，之前一直在跟老媽的精神體戰鬥的平行意識也回來了。

在此同時，之前一直存在的老媽支配力徹底從我體內消失，那種能隱約感受到的連結也斷掉了。

這表示試圖支配我的傢伙已經不復存在，以老媽為中心的蜘蛛靈魂網路也瓦解。

雖然這個網路的根源是那位魔王，但因為我位於網路末端，是透過老媽進行連結，所以再也不會連接到魔王。

麻煩的地方在於，這樣一來我就不能像是對付老媽那樣，利用平行意識對魔王的精神體發動攻擊。

如果沒有這種聯繫，我就沒辦法沿著網路把平行意識送過去。

即使我吸收老媽的力量，能力值和技能都大幅強化，但還是遠遠比不上魔王。

畢竟魔王的平均能力值高達九萬。

雖然我因為這一戰而迅速變強，但還是跟魔王有一段差距。

而且差距大到不管是使用陷阱還是其他手段都無法填平。

在老媽被擊敗的現在，我不知道棋子減少的魔王會如何行動。

如果她今後還是不放過我，那我也只能一戰。

老實說，我不想跟那種怪物扯上關係，希望她別來找我麻煩。

當我抱頭煩惱時，前魔法部長一號開口了。

〔本體，可以打擾一下嗎？〕

幹嘛？

〔呃……妳沒發現嗎？〕

嗯？

我想了一下，然後總算發現異狀。

回到體內的平行意識數量不對。

少了一個傢伙。

〔其實……前身體部長過去了。〕

去哪裡？

〔魔王那裡。〕

為什麼？

〔在老媽跟魔王之間的連結還在的時候，她就沿著連結跑去對魔王發動攻擊了。〕

妳說什麼！

等一下，我跟魔王之間的連結，現在已經切斷了耶。

咦？這樣前身體部長還有辦法回來嗎？

〔妳說呢？〕

應該回不來了吧……

畢竟連結都斷掉了。

﹁就是說啊。﹂

……永別了，前身體部長。

我不會忘記妳的。

事情就是這樣，平行意識少了一個。

因為我有外道無效，所以前身體部長應該不會被消滅。

雖然不會消滅，但我目前並沒有能夠回收跑到魔王身上，孤立無援的前身體部長的手段。

我連有沒有辦法回收都不知道。

說不定只要擊敗魔王，她就有機會回來，但是希望渺茫。

畢竟不管怎麼說，我連擊敗魔王這件事都辦不到。

雖然對不起前身體部長，但關於魔王的應對方式，我還是只能跟以往一樣，選擇逃跑。

在吸收老媽的力量之後，就連人偶蜘蛛我都能夠正面擊敗，再來只要提防魔王就行了。

雖然我也不會掉以輕心就是了。

魔物圖鑑
file.17

女王蜘蛛怪

LV.01

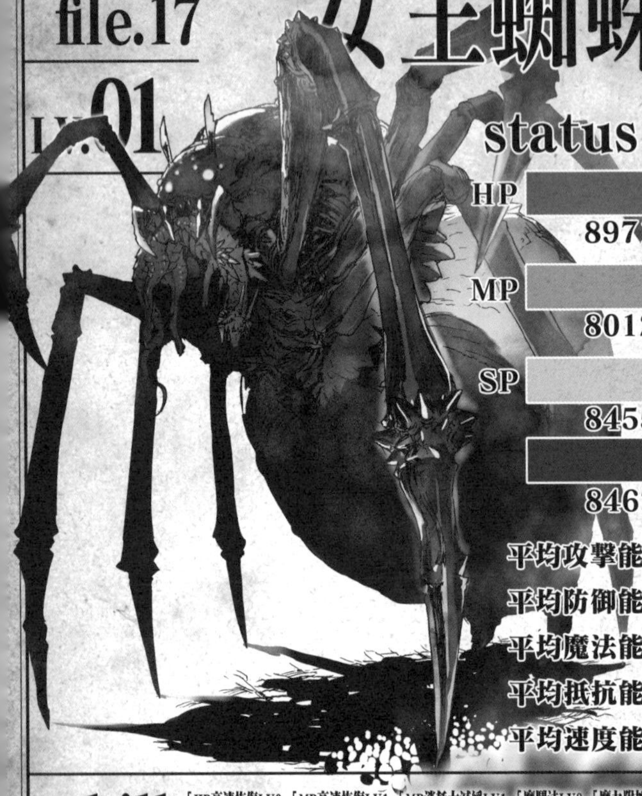

status【能力值】

HP
8971 / 8971

MP
8012 / 8012

SP
8455 / 8455

8467 / 8467

平均攻擊能力：8846
平均防禦能力：8839
平均魔法能力：7992
平均抵抗能力：7991
平均速度能力：8810

skill【技能】

「HP高速恢復LV9」「MP高速恢復LV1」「MP消耗大減緩LV1」「魔鬪法LV8」「魔力附加LV1」「魔力擊LV5」「SP高速恢復LV8」「SP消耗大減緩LV8」「破壞大強化LV4」「打擊大強化LV4」「斬擊大強化LV3」「貫通大強化LV5」「衝擊大強化LV5」「異常狀態大強化LV10」「鬪神法LV5」「氣力附加LV5」「大氣力擊LV1」「龍力LV1」「龍結界LV1」「猛毒攻擊LV10」「強麻痺攻擊LV10」「外道攻擊LV3」「毒合成LV10」「藥合成LV10」「絲的天才LV10」「神織絲」「操絲術LV10」「念動力LV1」「投擲LV10」「射出LV10」「空間機動LV10」「眷屬支配LV10」「產卵LV10」「集中LV10」「思考加速LV3」「未來視LV1」「平行意識LV3」「高速演算LV10」「命中LV10」「閃避LV10」「機率大補正LV10」「隱密LV10」「迷彩LV7」「無聲LV5」「帝王」「外道魔法LV10」「影魔法LV10」「黑暗魔法LV8」「毒魔法LV10」「治療魔法LV4」「魔王LV1」「飽食LV10」「破壞大抗性LV1」「打擊大抗性LV9」「斬擊大抗性LV1」「貫通大抗性LV1」「衝擊大抗性LV1」「火抗性LV8」「水抗性LV5」「風抗性LV5」「土抗性LV6」「雷抗性LV5」「光抗性LV7」「暗黑抗性LV1」「重力抗性LV7」「異常狀態無效」「酸大抗性LV1」「腐蝕抗性LV2」「暈眩抗性LV2」「恐懼抗性LV3」「外道抗性LV3」「疼痛無效」「痛覺無效」「夜視LV10」「千里眼LV6」「五感大強化LV10」「知覺領域擴大LV5」「天命LV10」「天魔LV10」「天動LV10」「富天LV10」「剛毅LV10」「城塞LV10」「天道LV10」「天守LV10」「韋馱天LV10」「禁忌LV10」

君臨於蜘蛛型魔物之上的女王。擁有光是移動就能破壞周圍的巨大身軀，據說其戰鬥能力強大到只要一隻就能毀滅一個國家。儘管本體就已經難纏至極，還擁有能夠靠著產卵增加部下的麻煩性質。全世界一共有五隻，每一隻都君臨於該地區的魔物之上。危險度是人類無法對付的神話級。

幕間　魔王

明明已經確實殺掉，卻還是復活的神祕怪物。

我被本應遠比自己弱小的傢伙慢慢逼得走投無路，內心焦急失措。

然後……

我從小睡之中清醒過來。

在朝向妖精之里進軍的途中，把馬車當成搖籃打瞌睡，我還真是好命。

雖然正確來說不是馬車，應該是蜘蛛車才對。

我所乘坐的車廂不是被馬拉著，而是擺在巨大蜘蛛背上。

負責載我的是超級蜘蛛怪。

把足以匹敵龍種的魔物當成坐騎，沒有比這更奢侈的事情了。

拜此所賜，沒有士兵能夠接近我。

不，其實是不敢接近才對。

即使是能力值比人族優秀的魔族，也不會沒事跑到跟龍種同級的魔物身旁。

就算有事，他們應該也不想接近吧。

因此，我沒有受到打擾，享受著舒適的旅途。

只有小白跟我一起坐在車廂裡面。但只要我不主動開口，她就不會說話，所以非常安靜。

我看向坐在正對面的小白的臉。

她閉上眼睛，動也不動地坐著。

因為小白平常都閉著眼睛，我看不出她是睡著還是醒著。

如果是小白，就算站著睡覺也沒人會發現吧——我想著這種無聊的事情。

儘管外表看起來很柔弱，但她擁有能輕易殺掉勇者的力量，所以外表根本沒有參考價值。

真要這麼說的話，其實我也一樣。

之所以會想著這種無關緊要的事情，難道是因為我也難得緊張了嗎？

因為我總算走到這一步了。

看向窗外，在其他地方看不到的無數巨樹映入眼簾。

這裡是妖精之里所在的卡拉姆大森林。

而我率領的軍隊正在森林中進軍。

目標當然是妖精之里。

帝國軍已經抵達那裡。

雖然他們受到保護妖精之里的結界阻擋，目前只能停止進軍，但結界遲早會消失。

這麼一來，帝國軍應該就會對妖精之里展開攻擊。
我們只要在那之後從容登場就行了。
等到妖精失去依賴至今的結界，受到帝國軍襲擊而驚慌失措時，我再從旁給他們致命一擊。
想到那時的景象，我不禁揚起嘴角。
我終於等到這一天了。
多年來的願望，即將實現。
消滅妖精一族的願望。
一直以來被妖精從背後偷放冷箭的積怨，就讓我徹底發洩個夠吧。
協助帝國軍進軍後，我讓負責監視妖精之里的女王蜘蛛怪在能夠夾擊妖精族的位置待命。
妖精族將會同時面對帝國軍、魔王軍和女王蜘蛛怪這三大威脅。
妖精們會用什麼樣的表情哭喊呢？
光是想像就讓我興奮不已。
「真期待呢。」
我不小心說出心聲。
小白沒有漏聽這句話，把頭轉了過來。
即使她閉著眼睛，我還是有種被注視的感覺。
「小白這次也要大鬧一場喔。我也會盡全力的！」

我就像個孩子一樣，沒辦法保持平靜。

「魔王……」

小白喚了我一聲。

聲音聽起來像是在擔心，於是我說出能讓她放心的話。

「放心吧，我不會對轉生者出手。我的目標就只有妖精。我已經把這個命令傳達給最底層的士兵了，妳不用擔心。」

我的目的是消滅妖精。

老實說，轉生者根本無關緊要。

雖然成為新任勇者的轉生者和他的同伴似乎就待在妖精之里，但他們在我眼中只是無關緊要的小角色。

就算他們挺身阻擋我的去路，我也能在不動手殺人的情況下，輕易擺平他們。

不管他們在不在場都一樣。

不管轉生者們如何拚命，妖精之里都會毀滅。

這是不可能改變的事實。

「啊啊……真是期待。」

我總算能去殺你了。

給我洗乾淨脖子等著吧……波狄瑪斯·帕菲納斯。

幕間　妖精族長

「波狄瑪斯大人，我們發現在帝國軍後方還有其他軍隊。」
「我知道。」
「您已經知道了嗎？」
「那當然。帝國軍只不過是前鋒罷了。」
「也就是說，波狄瑪斯大人知道那支軍隊屬於哪個勢力嗎？」
「知道。那是魔王軍。」
「魔王軍！為什麼魔王軍會來到位於人族領域的這個地方！」
「我想……應該是某隻老狐狸在暗中牽線吧。」
「呃……」
「這種小事不重要，快去準備啟動光榮使者。」
「我……我知道了。請問要啟動多少具？」
「全部。」
「……什麼？」

「全部啟動。」

「可是……」

「既然是那傢伙攻過來，那我們也必須拿出相應的東西招待人家。不需要保留實力。我要投入妖精族的所有戰力迎擊敵人。」

「這樣不會戰力過剩嗎？」

「這種程度剛好。」

「那我把光榮使者配置在一般妖精的防衛線後方行嗎？」

「就這麼辦。」

「那勇者和其他轉生者該如何處置？」

「放著不管。事情走到這個地步，那些傢伙已經沒用了。他們死在哪裡都跟我們無關。」

「那我就去指揮一般妖精了。」

「麻煩你了。我們跟那傢伙的因緣也差不多該了結了。既然對方主動出擊，那我們也沒有理由放過這個機會。殲滅敵軍，別讓他們有機會逃跑。」

「遵命。」

「放馬過來吧。故意抽走名為魔王的爛籤的愚蠢女孩。只能眼睜睜看著自己的心靈寄託逐漸腐朽的無能之輩，居然妄想能夠擊敗我，我要用死亡來糾正妳的錯誤。」

終章　初次遭遇

擊敗老媽之後，我一邊逃離魔王，然後在外面閒晃。

艾爾羅大迷宮裡的老媽手下幾乎都被我殲滅了。

剩下的敵人，只有魔王和她手下的四隻人偶蜘蛛。

魔王似乎認為只派人偶蜘蛛行動會有危險，便把人偶蜘蛛擺在自己身旁。

拜此所賜，她的移動速度也得配合人偶蜘蛛，變得無法追上我。

正確來說，她好像跟丟我了。

要是能就這樣擺脫她的話就好了。

為了遠離魔王，我不斷移動。

而我現在正來到經過整頓的街道。

至今我一直盡量避人耳目，絕不接近有人跡的道路、村落或城鎮，但附近似乎有都市，走到哪裡都有道路，讓我避無可避。

逼不得已，我只能小心別被人類看到，就這樣沿著道路前進。

雖然繼續前進可能會抵達某個大城鎮，但要是不往這個方向前進，我就只能主動走向魔王。

那可不是明智的決定。

我只能做好多少會被人類發現的心理準備，往遠離魔王的方向前進。

幸好路上沒什麼人，我才能不被人類發現，順利地沿著道路前進，但這樣的情況結束了。

我在前方發現馬車。

總算是遇到人類了。

雖然只是小事，但拉著車廂的是普通的馬。

因為這裡是奇幻世界，所以就算是竜在拉著車廂，我也不會感到驚訝，但結果太過普通，我反倒覺得掃興。

我偷偷觀察馬車，才發現情況好像不太對勁。

嗯？嗯嗯？

他們遇到麻煩了嗎？

我明白了。

是盜賊。

他們被襲擊了。

雖然我已經做好會被人類發現的心理準備，但沒想到初次遭遇的人類居然正在被盜賊襲擊。

看似護衛的傢伙，正在跟看似盜賊的傢伙打鬥。

護衛一共有四名，但盜賊有六名。

嗯……從鑑定的結果看來，雙方的實力相差不多，看來戰況對人數比較多的盜賊有利。
啊，一名護衛被幹掉了。
我該怎麼做？
隨便插手好像會很麻煩。
為了逃離魔王，我想盡量避免被人類發現。
話雖如此，眼睜睜看著他們在我眼前受到襲擊，感覺也不是很好。
雖然我並不認為自己是正義的夥伴，但這是我的心情問題。
也許我在這種地方還稍微留有前世的一般常識吧。
不過，在此同時我確實也感到麻煩。
為什麼我非得救人？
而且就算幫助了人類，我也還是一隻魔物。
還有可能被受我幫助的人刀刃相向吧？
不過，到時候我也不會放過他們，恩將仇報的人不需要同情。
乾脆等到那輛馬車的人全部死掉之後，我再殺光盜賊吧。
不管怎麼樣，我都已經決定要殺光那些盜賊了。
因為殺死人類的經驗值很多。
雖然我不想虐殺老百姓，但是放著盜賊這種死有餘辜的人不殺，不是很浪費嗎？

我可以開心地得到經驗值。

擾民的盜賊消失，老百姓也開心。

看吧，除了被殺掉的盜賊之外，大家都開心。

事情就是這樣，我要把盜賊全部變成經驗值。

順便填飽肚子。

雖然我在迷宮裡吃過那些燒掉我家的騎士，但人類吃起來的味道，會因為個體差異而有所不同。

也許只是感覺上的問題吧。我總覺得帥哥不知為何比較好吃。

雖然外表邋遢的盜賊應該不太好吃，但肯定能填飽肚子。

再來就是要不要幫助被襲擊的馬車這個問題了。

我該如何選擇？

就算選擇救人，對我也沒有好處。

反而是壞處還比較多。

不去救人的好處是，等到所有人都死光，就不會有人看到我，而且得到的食物還會增加。

壞處則是我心裡會覺得不舒服。

嗯嗯嗯……

唉……

沒辦法。
雖然不是很想，但我還是救人吧。
從利害關係來看的話，不要救人會比較好，但我決定順從內心的想法。
畢竟我也不希望之後因為心裡過意不去而後悔。
我迅速移動。
因為正在專心跟護衛戰鬥，所以盜賊們沒有注意到我。
這樣正好。
站在正中央的高壯男子八成就是盜賊的首領吧。
他的能力值也最強，十之八九錯不了。
我繞到那傢伙身後，用鐮刀刺進他毫無防備的背部。
鐮刀輕易貫穿盜賊的身體，刺穿了心臟。
啊，這一擊當然還帶有猛毒，所以這傢伙死定了。
我輕輕拔出鐮刀，失去支撐的盜賊就這樣倒地不起。
兩名盜賊還搞不清楚狀況，站在首領屍體的左右兩側發呆，於是我把鐮刀橫向一掃。
一刀兩斷。
這樣盜賊的人數就減半了。
剩下三人的其中之一，被我用土魔法射穿腦袋。

我對土的適性似乎也很高。

比起幾乎同時學會的風魔法，進步速度還要更快。

剩下兩人。

男子們想要逃跑。

可是很遺憾。

你們的身體已經被絲綑住了。

我朝向身體動彈不得的兩名盜賊發動邪眼。

ＨＰ、ＭＰ和ＳＰ都被吸得一乾二淨的盜賊，當場斃命。

好啦，打掃完畢。

如果我是某個國家的王子或騎士，就能先對馬車裡的女孩說「妳沒受傷吧？」，然後再用「我只是在旅途中碰巧看到你們被盜賊襲擊」這句話成功插旗。

啊……這可不行。

受歡迎的男人還真是辛苦。

啊……別再繼續逃避現實了。

盜賊死光了。

馬車得救了。

護衛把劍指向我。

就在此時此刻。

我想也是。

我都明白。

早就猜到會這樣。

他們光是沒有立刻衝過來，就已經算是不錯了。

不是因為害怕我而不敢出手。

這肯定是良心在告訴他們，雖然我超級可疑，但畢竟救了他們，突然攻擊我似乎不太對。

我再說一次，他們不是因為害怕我而不敢出手。

我說不是就不是。

嗯？

仔細一看，最先被幹掉的護衛還活著。

啊……既然人都救了，我就好人做到底吧。

我走向倒在地上的傢伙。

我只是動了一下，其他護衛就誇張地後退一大步。

……要是在意的話就輸了。

我發動治療魔法。

瞬間治好倒地護衛的傷。

嗯。這樣他應該就不會死了吧。

話說回來，這名護衛的打扮其實比較像是執事。

明明不是戰鬥專家，他還是拚命保護侍奉的主人。

真了不起。

不光是那些護衛，就連在馬車裡面畏懼地觀察外面情況的貴婦也嚇了一跳。

魔物不但從盜賊手中救出他們，還好心對傷患施加治療魔法，也難怪她會驚訝。

呼……看來這裡應該沒我的事了。

在這種狀況下回收盜賊的屍體，總覺得不太恰當，蜘蛛還是酷酷地離開吧。

就在這時，馬車裡的貴婦趕緊下車。

護衛們忙著出言制止她。

不過，那種小事並不重要。

我的眼睛緊緊盯著貴婦手中抱著的東西。

〈人族　吸血鬼　LV1　姓名　蘇菲亞（根岸彰子）・蓋倫

能力值　HP：11／11（綠）（詳細）　MP：35／35（藍）（詳細）

SP：12／12（黃）（詳細）　：12／12（紅）（詳細）

平均攻擊能力：9（詳細）　平均防禦能力：8（詳細）

平均魔法能力：32（詳細）　平均抵抗能力：33（詳細）
平均速度能力：8（詳細）

技能

「吸血鬼LV1」　「不死身LV1」　「HP自動恢復LV1」
「魔力感知LV3」　「魔力操作LV3」　「夜視LV1」
「五感強化LV1」　「n%I=W」

技能點數：75000

稱號

「吸血鬼」　「真祖」

貴婦抱著一名嬰兒。

其鑑定結果，讓我驚訝得說不出話。

這也是理所當然的事情吧？

畢竟可以吐槽的地方實在太多了。

她不但有兩個名字，而且還是吸血鬼，技能點數也異常地多。

啊……嗯。

這嬰兒……應該就是那回事吧？

早在鑑定出根岸彰子這種不管怎麼想都是日本人的名字時，我就已經明白了。
這孩子跟我一樣，都是轉生者。
這一天，我在這個世界初次遇到轉生者了。

年表

王國曆	
798年	羅南特在連克山杜帝國成為史上最年輕的首席宮廷魔導師。
801年	勇者梅西斯死於庫索利昂要塞之戰。 達雷斯梅克繼任成為新勇者。
803年	在勇者達雷斯梅克的活躍之下，成功討伐魔王亞德摩斯。
804年	勇者達雷斯梅克失蹤。
807年	連克山杜帝國的劍帝雷卡退位，並且於同時期失蹤。 新任劍帝拉基斯即位。羅南特成為顧問。
829年	亞納雷德王國國王希利烏斯即位。
832年	正妃生下亞納雷德王國第一王子薩利斯。
833年	第一側妃生下亞納雷德王國第一公主蕾西亞。
834年	第三側妃生下亞納雷德王國第二王子尤利烏斯。
837年	第二側妃生下亞納雷德王國第三王子列斯頓。
840年	第二王子尤利烏斯就任勇者。 因為這件事，勇者達雷斯梅克被認定死亡。 幼年蜘蛛怪的特殊個體在艾爾羅大迷宮被人目擊。此時回收的地竜蛋和蜘蛛絲被獻給王室。 魔族的活動趨於活躍。
841年	第三側妃生下亞納雷德王國第四王子修雷因。 正妃生下亞納雷德王國第二公主蘇蕾西亞。 亞納巴魯多公爵家長女卡娜迪雅誕生。 連克山杜帝國第一王子由古誕生。 第三側妃死亡。 羅南特率領的帝國軍在艾爾羅大迷宮裡遭遇「迷宮惡夢」。 迷宮惡夢和女王蜘蛛怪跑出艾爾羅大迷宮。 羅南特短暫失蹤。
842年	迷宮惡夢出現在沙利艾拉國。 沙利艾拉國和歐茲國展開戰爭。帝國和神言教支援歐茲國。 勇者尤利烏斯與迷宮惡夢戰鬥，在羅南特的救援下撿回一命。

	勇者尤利烏斯暫時投師羅南特。 世界各地發生多起人身買賣和綁架案件。
843年	在艾爾羅大迷宮發現「惡夢殘渣」。
844年	第一公主蕾西亞與德雷森特王國第一王子訂婚，到該國留學。
845年	「劍魔」出現在帝國。 在羅南特的活躍之下，成功驅逐劍魔。
846年	在神言教的主導之下，大規模的人身買賣組織受到舉發。 勇者尤利烏斯在該事件中得到吉斯康和霍金這兩位同伴。
847年	修雷因、蘇蕾西亞和卡娜迪雅參加鑑定之儀。
848年	菲倫從地竜蛋破殼而出。
850年	妖精族長波狄瑪斯以親善大使的身分訪問王國。 波狄瑪斯之女菲莉梅絲到王國留學。 勇者尤利烏斯落入魔族的陷阱並受到襲擊，但還是勉強擊退敵人。
851年	修雷因、蘇蕾西亞、卡娜迪雅和菲莉梅絲進入王立學校就讀，結識帝國王子由古和聖女候選人悠莉。 勇者尤利烏斯在艾爾羅大迷宮成功討伐一隻惡夢殘渣。 在帝國王子由古的主導之下，修雷因暗殺未遂事件發生。 地竜襲擊學校事件發生。
856年	人魔大戰。 勇者尤利烏斯戰死。 亞納雷德王國發生政變。 國王希利烏斯死去。 第四王子修雷因和其同夥第三王子列斯頓一起逃亡。 神言教宣布連克山杜帝國王子由古就任勇者。 同時宣布亞納雷德王國第二公主蘇蕾西亞與由古訂婚。 因為涉嫌參與王國的政變事件，帝國向妖精族宣戰並且舉兵進攻。 帝國軍與魔王軍進攻妖精之里。

後記

初次見面的讀者和好久不見的讀者，大家好，我是馬場翁。

我是不覺得有人會先讀第四集啦。

那種感覺，就像是一開始就挑戰四天王中最強的傢伙一樣。

拜託別這樣！老實一點，從四天王中最弱的第一集讀起吧！

這部作品畢竟是系列作，如果不從第一集讀起，可是會看不懂的喔！

這次的主要敵人是在第一集開頭就超級有存在感的老媽。

還有其他在第一集開頭出現的插畫不是主角，而是主角老媽的小說嗎？

不，八成沒有！

一般來說，第一張插畫都是主角或可愛的女主角，但這部作品卻是一隻超大型蜘蛛！

而且在第三集再次登場時，老媽又成功贏得被擺在第一張插畫的殊榮。

這個老媽只出場過兩次，卻是每次都配有插畫的大明星。

主角別輸啊！

比插畫的張數是妳贏喔！

雖然以故事的性質來說，這也是無可奈何的事，但魔物的插畫似乎有點多。

而且從第一集到第三集的封面全都是魔物。

畢竟主角就是魔物，所以這也是沒辦法的事！

能夠畫出這些插畫的輝竜老師真是太神了。因為第四集的人物比較多！

在這一集的故事中，有許多網路版沒有的加筆內容。

雖然加筆內容從第一集開始就逐漸增加，但我終於達成加筆內容超過九成的壯舉。

照這個進度增加下去的話，第五集以後應該就全是加筆內容了！

不行！我不允許！

說到加筆，我寫了一部短篇故事。

角川ＢＯＯＫＳ官網（http://kadokawabooks.jp）正在舉辦角川ＢＯＯＫＳ一周年紀念問卷活動，只要填好問卷就能看到那部短篇故事了。

請大家務必參加問卷活動。

接下來是致謝時間。

總是為這部充滿魔物的小說畫出最棒插畫的輝竜司老師。

負責把這部充滿魔物的小說畫成漫畫的かかし朝浩老師。

以責任編輯Ｋ為首，協助這本書問世的所有人。
還有拿起這本書的所有讀者。
真的很感謝大家。

國家圖書館出版品預行編目(CIP)資料

轉生成蜘蛛又怎樣! / 馬場翁作 ; 廖文斌譯. -- 初版.
-- 臺北市 : 臺灣角川, 2017.05-
冊 ; 公分
譯自 : 蜘蛛ですが、なにか?
ISBN 978-986-473-678-2(第3冊 : 平裝). --
ISBN 978-986-473-796-3(第4冊 : 平裝)

861.57 106004549

Kadokawa
Fantastic
Novels

轉生成蜘蛛又怎樣！ 4

（原著名：蜘蛛ですが、なにか？ 4）

2017年8月10日 初版第1刷發行
2021年9月15日 初版第6刷發行

作　　者：馬場翁
插　　畫：輝竜司
譯　　者：廖文斌

發 行 人：岩崎剛人
總 編 輯：蔡佩芬
編　　輯：蘇涵
美術設計：李思穎
印　　務：李明修（主任）、張加恩（主任）、張凱棋

發 行 所：台灣角川股份有限公司
地　　址：104台北市中山區松江路223號3樓
電　　話：（02）2515-3000
傳　　真：（02）2515-0033
網　　址：www.kadokawa.com.tw
劃撥帳戶：台灣角川股份有限公司
劃撥帳號：19487412
法律顧問：有澤法律事務所
製　　版：巨茂科技印刷有限公司
ISBN：978-986-473-796-3